A través de la colección *Biblioteca Joven,* el Fondo de Cultura Económica y el Consejo Nacional de Recursos para la Atención de la Juventud (CREA) pretenden difundir un acervo de cultura nacional y universal especialmente valioso para la formación intelectual de los jóvenes mexicanos.

La *Biblioteca Joven* es apenas un punto de partida; por ello abarca una muy amplia variedad temática. Al ofrecer una primera ventana a las distintas disciplinas del conocimiento actual, hemos procurado elegir textos de carácter introductorio a fin de que los jóvenes lectores puedan orientarse en un estudio ulterior, más profundo y minucioso, de las materias que les interesen mayormente.

Estas páginas mías

JUAN JOSÉ ARREOLA

Estas páginas mías

MÉXICO

Primera edición en la Biblioteca Joven, 1985

ISBN 968-16-1845-9

Impreso en México

Ya en el rigor de la edad y casi responsable de mis actos, se me abre una puerta hacia la Biblioteca Joven. Acepto de entrada, porque desde hace mucho pensé dividir lo escrito en dos sectores radicales: lo "bueno" y lo "malo", según lo establece mi código maniqueo.

Como todos aquellos que en este mundo han escrito bien, yo tengo cosas buenas y malas. No hablo de las "regulares" porque nadie puede establecer límites entre lo regular que aspira a ser bueno, y lo regular que se resigna a ser malo.

Hasta aquí, parece que me refiero a malo o bueno, respecto a calidad literaria. Pero no es cierto. Hablo en el umbral de este libro, limpia y antiguamente del mal y del bien, como dos posibilidades de ser y de actuar frente a mis semejantes, o más bien y simplemente dicho: junto a mis prójimos.

El que me haya puesto a escribir en un día de juventud, nada tiene que ver con lo que estoy diciendo. Lo que importa y me duele es que la mitad de lo escrito hasta ahora —por fortuna muy poco—, alinea sus letras en las huestes del mal.

Pero ahora surge de pronto la oportunidad de este libro. Y la aprovecho inmediatamente para ofrecer a sus lectores lo que escribí en mis horas juveniles, cronológicas y espirituales.

Viejo a más no poder como representante de una literatura a punto de extinguirse, me anima el afán de renovarme en jóvenes nostálgicos de una vida más bella: cosa que no ha sido, pero que puede ser y que será.

Y como Andrea Huerta saluda abriéndome la puerta hacia los lectores de esta Biblioteca, le digo simplemente: aquí están estas páginas mías que desde ahora son tuyas.

JUAN JOSÉ ARREOLA

DE MEMORIA Y OLVIDO

Yo, señores, soy de Zapotlán el Grande. Un pueblo que de tan grande nos lo hicieron Ciudad Guzmán hace cien años. Pero nosotros seguimos siendo tan pueblo que todavía le decimos Zapotlán. Es un valle redondo de maíz, un circo de montañas sin más adorno que su buen temperamento, un cielo azul y una laguna que viene y se va como un delgado sueño. Desde mayo hasta diciembre, se ve la estatura pareja y creciente de las milpas. A veces le decimos Zapotlán de Orozco porque allí nació José Clemente, el de los pinceles violentos. Como paisano suyo, siento que nací al pie de un volcán. A propósito de volcanes, la orografía de mi pueblo incluye otras dos cumbres, además del pintor: el Nevado que se llama de Colima, aunque todo él está en tierra de Jalisco. Apagado, el hielo en el invierno lo decora. Pero el otro está vivo. En 1912 nos cubrió de cenizas y los viejos recuerdan con pavor esta leve experiencia pompeyana: se hizo la noche en pleno día y todos creyeron en el Juicio Final. Para no ir más lejos, el año pasado estuvimos asustados con brotes de lava, rugidos y fumarolas. Atraídos por el fenómeno, los geólogos vinieron a saludarnos, nos tomaron la temperatura y el pulso, les invitamos una copa de ponche de granada y nos tranquilizaron en plan científico: esta bomba que tenemos bajo la almohada puede estallar tal vez hoy en la noche o un día cualquiera dentro de los próximos diez mil años.

Yo soy el cuarto hijo de unos padres que tuvieron catorce y que viven todavía para contarlo, gracias a Dios. Como ustedes ven, no soy un niño consentido. Arreolas y Zúñigas disputan en mi alma como perros su antigua querella doméstica de incrédulos y devotos. Unos y otros parecen unirse allá muy lejos en común origen vascongado. Pero mestizos a buena hora, en sus venas circulan sin discordia las sangres que hicieron a México, junto con la de una monja francesa que les entró quién sabe por dónde. Hay historias de familia que más valía no contar porque mi apellido se pierde o se gana bíblicamente entre los sefarditas de España. Nadie sabe si don Juan Abad, mi bisabuelo, se puso el Arreola para borrar una última fama de converso (Abad, de abba, *que es padre en arameo). No se preocupen, no voy a plantar aquí un árbol genealógico ni a tender la arteria que me traiga la sangre plebeya desde el copista del Cid, o el nombre de la espuria Torre de Quevedo. Pero hay nobleza en mi palabra. Palabra de honor. Procedo en línea recta de dos antiquísimos linajes: soy herrero por parte de madre y carpintero a título paterno. De allí mi pasión artesanal por el lenguaje.*

Nací el año de 1918, en el estrago de la gripa española, día de San Mateo Evangelista y Santa Ifigenia Virgen, entre pollos, puercos, chivos, guajolotes, vacas, burros y caballos. Di los primeros pasos seguido precisamente por un borrego negro que se salió del corral. Tal es el antecedente de la angustia duradera que da color a mi vida, que concreta en mí el aura neurótica que envuelve a toda la familia y que por fortuna o des-

gracia no ha llegado a resolverse nunca en la epilepsia o la locura. Todavía este mal borrego negro me persigue y siento que mis pasos tiemblan como los del troglodita perseguido por una bestia mitológica.

Como casi todos los niños, yo también fui a la escuela. No pude seguir en ella por razones que sí vienen al caso pero que no puedo contar: mi infancia transcurrió en medio del caos provinciano de la Revolución Cristera. Cerradas las iglesias y los colegios religiosos, yo, sobrino de señores curas y de monjas escondidas, no debía ingresar a las aulas oficiales so pena de herejía. Mi padre, un hombre que siempre sabe hallarle salida a los callejones que no la tienen, en vez de enviarme a un seminario clandestino o a una escuela del gobierno, me puso sencillamente a trabajar. Y así, a los doce años de edad entré como aprendiz al taller de don José María Silva, maestro encuadernador, y luego a la imprenta del Chepo Gutiérrez. De allí nace el gran amor que tengo a los libros en cuanto objetos manuales. El otro, el amor a los textos, había nacido antes por obra de un maestro de primaria a quien rindo homenaje: gracias a José Ernesto Aceves supe que había poetas en el mundo, además de comerciantes, pequeños industriales y agricultores. Aquí debo una aclaración: mi padre, que sabe de todo, le ha hecho al comercio, a la industria y a la agricultura (siempre en pequeño) pero ha fracasado en todo: tiene alma de poeta.

Soy autodidacto, es cierto. Pero a los doce años y en Zapotlán el Grande leí a Baudelaire, a Walt Whitman y a los principales fundadores de mi estilo: Papini y Marcel Schwob, junto con medio centenar de otros nombres más y menos ilustres... Y oía canciones y los dichos populares y me gustaba mucho la conversación de la gente de campo.

Desde 1930 hasta la fecha he desempeñado más de veinte oficios y empleos diferentes... He sido vendedor ambulante y periodista; mozo de cuerda y cobrador de banco. Impresor, comediante y panadero. Lo que ustedes quieran.

Sería injusto si no mencionara aquí al hombre que me cambió la vida. Louis Jouvet, a quien conocí a su paso por Guadalajara, me llevó a París hace veinticinco años. Ese viaje es un sueño que en vano trataría de revivir; pisé las tablas de la Comedia Francesa: esclavo desnudo en las galeras de Antonio y Cleopatra, bajo las órdenes de Jean Louis Barrault y a los pies de Marie Bell.

A mi vuelta de Francia, el Fondo de Cultura Económica me acogió en su departamento técnico gracias a los buenos oficios de Antonio Alatorre, que me hizo pasar por filólogo y gramático. Después de tres años de corregir pruebas de imprenta, traducciones y originales, pasé a figurar en el catálogo de autores (Varia invención *apareció en Tezontle, 1949).*

Una última confesión melancólica. No he tenido tiempo de ejercer la literatura. Pero he dedicado todas las horas posibles para amarla. Amo el lenguaje por sobre todas las cosas y venero a los que mediante la palabra han manifestado el espíritu, desde Isaías a Franz Kafka. Desconfío de casi toda la literatura contemporánea. Vivo rodeado por sombras clásicas y benévolas que protegen mi sueño de escritor. Pero también por los jóvenes que harán la nueva literatura mexicana: en ellos delego la tarea que no he podido realizar. Para facilitarla, les cuento todos los días lo que aprendí en las pocas horas en que mi boca estuvo gobernada por el otro. Lo que oí, un solo instante, a través de la zarza ardiente.

EL ASESINO

Ya no hago más que pensar en mi asesino, ese joven imprudente y tímido que el otro día se me acercó al salir del hipódromo, en un momento en que los guardias lo habrían hecho pedazos antes de que alcanzara a rozar el borde de mi túnica.

Lo sentí palpitar cerca de mí. Su propósito se agitaba en él como una cuadriga furiosa. Lo vi llevarse la mano hacia el puñal escondido, pero lo ayudé a contenerse desviando un poco mi camino. Quedó desfalleciente, apoyado en una columna.

Me parece haberlo visto ya otras veces, rostro puro, inolvidable entre esta muchedumbre de bestias. Recuerdo que un día salió corriendo un cocinero de palacio, en pos del muchacho que huía robando un cuchillo. Juraría que ese joven es el asesino inexperto y que moriré bajo el arma con que se corta la carne en la cocina.

El día en que una banda de soldados borrachos entró en mi casa para proclamarme emperador después de arrastrar por la calle el cadáver de Rinometos, comprendí que mi suerte estaba echada. Me sometí al destino, abandoné una vida de riqueza, de molicie y de vicio para convertirme en complaciente verdugo.

Ahora ha llegado mi turno. Ese joven, que trae mi muerte en su pecho, me obsede con su leve persecución. Debo ayudarlo, decidir su cautela. Hay que apresurar nuestra cita, antes de que surja el usurpador que lo traicione, dándome una muerte ignominiosa de tirano.

Esta noche pasearé solo por los jardines imperiales. Iré lavado y perfumado. Vestiré una túnica nueva y saldré al paso del asesino que tiembla detrás de un árbol.

En el rápido viaje de su puñal, como en un relámpago, veré iluminarse mi alma sombría.

ALARMA PARA EL AÑO 2000

¡Cuidado! Cada hombre es una bomba a punto de estallar. Tal vez la amada hace explosión en brazos de su amante. Tal vez...

Ya nadie puede ser vejado ni aprehendido. Todos se niegan a combatir. En los más apartados rincones de la tierra, resuena el estrépito de los últimos descontentos.

El tuétano de nuestros huesos está debidamente saturado. Cada fémur y cada falange es una cápsula explosiva que se opera a voluntad. Basta con apoyar fuertemente la lengua contra la bóveda palatina y hacer una breve reflexión colérica... 5, 4, 3, 2, 1... el índice de adrenalina aumenta, se modifica el quimismo de la sangre y ¡cataplum! Todo desaparece en derredor.

Cae después una ligera llovizna de ceniza. Pequeños grumos viscosos flotan en el aire. Fragmentos de telaraña con leve olor nauseabundo como el bromo: son los restos del hombre que fue.

No hay más remedio que amarnos apasionadamente los unos a los otros.

LOS BIENES AJENOS

Nada hay más deplorable y lastimoso —dicen los ladrones— que el gesto de un hombre sorprendido in fraganti en delito de propiedad. Tiembla, balbucea, levanta pesadamente las manos y las mueve en el aire como si estuvieran vacías. Dice por fin que no tiene nada, que todo es mentira, que se trata sin duda de una lamentable equivocación.

En realidad, cuesta mucho reconocer los propios errores, y nadie entrega de buena gana lo que le pertenece. Los ladrones, siempre a punto de ser débiles, se aprietan el corazón y acaban por llevarse algo contra la voluntad de su dueño. Los que intentan robar sin pistola corren muy graves riesgos, pues los propietarios abusan de ellos y suelen tomar la ofensiva. Frecuentemente, el periódico nos da noticia de algún imprudente que fue balaceado a mansalva mientras escapaba corriendo.

Sin embargo —dicen los ladrones—, de vez en cuando logran hallar algunas almas arrepentidas que devuelven todo lo que llevan encima, y que acogen la visita nocturna solemnemente, como un hecho providencial.

LOCO DE AMOR

Homenaje a Garci-Sánchez de Badajoz

El desierto jardín de madrugada. Allá va Garci-Sánchez de Badajoz, transido de amoroso desvelo, afinando las cuerdas de su laúd inaudito.

Va por el jardín del sueño, loco de amor, escapado de su cárcel divagada. Buscando bajo los lirios la trampa de la acequia. Mundo abajo, razón abajo. Rodando en la pendiente de dos ojos oscuros, feroces de mirada indiferente. Cayendo en el hueco de una oreja sin fondo.

A paletadas de versos tristes cubre su cadáver de hombre desdeñado. Y un ruiseñor le canta exequias de hielo y de olvido. Lágrimas de su consuelo que no hacen maravillas; sus ojos están secos, cuajados de sal ardida en la última noche de su invierno amoroso. *Qu'a mí no me mató amor, / sino la tristeza dél.*

No morirás del todo, muerto de amor. Algo sigue sonando en la sombra de tu jardín romántico. Mira, aquí hay una nota de tu endecha desoída. Los pájaros cantan todavía en las ramas de tu fúnebre laurel, oh enamorado sacrílego y demente.

Porque antes de alcanzar el paraíso de su locura, Garci-Sánchez bajó al infierno de los enamorados. Y oyó y dijo cosas que escandalizaron orejas pusilánimes. Y sus versos llegaron en carta echadiza a los buzones del sombrío tribunal.

EL MAPA DE LOS OBJETOS PERDIDOS

El hombre que me vendió el mapa no tenía nada de extraño. Un tipo común y corriente, un poco enfermo tal vez. Me abordó sencillamente, como esos vendedores que nos salen al paso en la calle. Pidió muy poco dinero por su mapa: quería deshacerse de él a toda costa. Cuando me ofreció una demostración acepté curioso porque era domingo y no tenía qué hacer. Fuimos a un sitio cercano para buscar el triste objeto que tal vez él mismo habría tirado allí, seguro de que nadie iba a recogerlo: una peineta de celuloide, color de rosa, llena de menudas piedrecillas. La guardo todavía entre docenas de baratijas semejantes y le tengo especial cariño porque fue el primer eslabón de la cadena. Lamento que no le acompañen las cosas vendidas y las monedas gastadas. Desde entonces vivo de los hallazgos deparados por el mapa. Vida bastante miserable, es cierto, pero que me ha librado para siempre de toda preocupación. Y a veces, de tiempo en tiempo, aparece en el mapa alguna mujer perdida que se aviene misteriosamente a mis modestos recursos.

EL DIAMANTE

Había una vez un diamante en la molleja de una gallina de plumaje miserable. Cumplía su misión de rueda de molino con resignada humildad. Le acompañaban piedras de hormiguero y dos o tres cuentas de vidrio.

Pronto se ganó una mala reputación a causa de su dureza. La piedra y el vidrio esquivaban cuidadosamente su roce. La gallina disfrutaba de admirables digestiones porque las facetas del diamante molían a la perfección sus alimentos. Cada vez más limpio y pulido, el solitario rodaba dentro de aquella cápsula espasmódica.

Un día le torcieron el cuello a la gallina de mísero plumaje. Lleno de esperanza, el diamante salió a la luz y se puso a brillar con todo el fuego de sus entrañas. Pero la fregona que destazaba la gallina lo dejó correr con todos sus reflejos al agua del sumidero, revuelto en frágiles inmundicias.

FLASH

Londres, 26 de noviembre (AP).—Un sabio demente, cuyo nombre no ha sido revelado, colocó anoche un Absorsor del tamaño de una ratonera a la salida de un túnel. El tren fue vanamente esperado en la estación de llegada. Los hombres de ciencia se afligen ante el objeto dramático, que no pesa más que antes, y que contiene todos los vagones del expreso de Dover y el apretado número de las víctimas.

Ante la consternación general, el Parlamento ha hecho declaraciones en el sentido de que el Absorsor se halla en etapa experimental. Consiste en una cápsula de hidrógeno, en la cual se efectúa un vacío atómico. Fue planeado originalmente por Sir Acheson Beal como arma pacífica, destinada a anular los efectos de las explosiones nucleares.

Góngora enviando un menudo lleno de flores a las monjas: *de las terneras que mata / don Alonso de Guzmán...*

Indudablemente, a don Luis se le ocurrió primero el final de la décima, que maneja la idea de los vientres con o sin fruto. Y como a los conventos no pueden llegar sino entrañas virginales, el poeta renunció a manzanas y peras, agregando copia de flores a su pedestre regalo.

¿El menudo de res en bandeja y las flores en búcaro? De ninguna manera. Góngora presentó juntas las rosas y las tripas, jugando ingeniosamente con sus distintos olores y matices, arrastrado por su lirismo a un sincero trance definitorio de canónigo metaforista.

ELEGÍA

Ésas que allí se ven, vagas cicatrices entre los campos de labor, son las ruinas del campamento de Nobílior. Más allá se alzan los emplazamientos militares de Castillejo, de Renieblas y de Peña Redonda...

De la remota ciudad sólo ha quedado una colina cargada de silencio. Y junto a ella, bordeándola, esa ruina de río. El arroyo Merdancho musita su cantilena de juglar, y sólo en las crecidas de junio resuena con épica grandeza.

Esta llanura apacible vio el desfile de los generales ineptos. Nobílior, Lépido, Furio Filo, Cayo Hostilio Mancino... Y entre ellos el poeta Lucilio, que paseó aquí con aires de conquistador, y que volvió a Roma maltrecho y abatido, caídas la espada y la lira, botó ya el fino dardo de su epigrama.

Legiones y legiones se estrellaron contra los muros invencibles. Millares de soldados cayeron ante las flechas, el desaliento y el invierno. Hasta que un día el exasperado Escipión se alzó en el horizonte como una ola vengativa, y apretó con sus manos tenaces, sin soltar durante meses, el duro pescuezo de Numancia.

UNA DE DOS

Yo también he luchado con el ángel. Desdichadamente para mí, el ángel era un personaje fuerte, maduro y repulsivo, con bata de boxeador.

Poco antes habíamos estado vomitando, cada uno por su lado, en el cuarto de baño. Porque el banquete, más bien la juerga, fue de lo peor. En casa me esperaba la familia: un pasado remoto.

Inmediatamente después de su proposición, el hombre comenzó a estrangularme de modo decisivo. La lucha, más bien la defensa, se desarrolló para mí como un rápido y múltiple análisis reflexivo. Calculé en un instante todas las posibilidades de pérdida y salvación, apostando a vida o sueño, dividiéndome entre ceder y morir, aplazando el resultado de aquella operación metafísica y muscular.

Me desaté por fin de la pesadilla como el ilusionista que deshace sus ligaduras de momia y sale del cofre blindado. Pero llevo todavía en el cuello las huellas mortales que me dejaron las manos de mi rival. Y en la conciencia, la certidumbre de que sólo disfruto una tregua, el remordimiento de haber ganado un episodio banal en la batalla irremisiblemente perdida.

LIBERTAD

Hoy proclamé la independencia de mis actos. A la ceremonia sólo concurrieron unos cuantos deseos insatisfechos, dos o tres actitudes desmedradas. Un propósito grandioso que había ofrecido venir envió a última hora su excusa humilde. Todo transcurrió en un silencio pavoroso.

Creo que el error consistió en la ruidosa proclama: trompetas y campanas, cohetes y tambores. Y para terminar, unos ingeniosos juegos de moral pirotécnica que se quedaron a medio arder.

Al final me hallé a solas conmigo mismo. Despojado de todos los atributos de caudillo, la media noche me encontró cumpliendo un oficio de mera escribanía. Con los últimos restos del heroísmo emprendí la penosa tarea de redactar los artículos de una dilatada constitución que presentaré mañana a la asamblea general. El trabajo me ha divertido un poco, alejando de mi espíritu la triste impresión del fracaso.

Leves e insidiosos pensamientos de rebeldía vuelan como mariposas nocturnas en torno de la lámpara, mientras sobre los escombros de mi prosa jurídica, pasa de vez en cuando un tenue soplo de marsellesa.

DE L'OSSERVATORE

A principios de nuestra Era, las llaves de San Pedro se perdieron en los suburbios del Imperio Romano. Se suplica a la persona que las encuentre, tenga la bondad de devolverlas inmediatamente al Papa reinante, ya que desde hace más de quince siglos las puertas del Reino de los Cielos no han podido ser forzadas con ganzúas.

INFORME DE LIBERIA

Como ocurre siempre entre mujeres, el rumor se ha propalado de boca en boca, y una legión de embarazadas nerviosas consultan en vano a los médicos circunspectos. El número de bodas decrece sensiblemente en tanto que prospera de modo alarmante el comercio de los anticonceptivos.

Ante el mutismo de las organizaciones científicas, los periodistas recurrieron en mala hora a la Asociación de Parteras Autodidactas. Gracias a la presidenta, una matrona gruesa, estéril y charlatana, el chismorreo ha tomado un giro definitivamente siniestro: en todas partes los niños se niegan a nacer por las buenas y los cirujanos no se dan abasto practicando operaciones cesáreas y maniobras de Guillaumin. Por si fuera poco, la APA acaba de incluir en su catálogo de publicaciones clandestinas el relato pormenorizado de dos comadronas que lucharon a brazo partido con un infante rebelde, un verdadero demonio que por más de veinticuatro horas se debatió entre la vida y la muerte sin tomar para nada en cuenta los sufrimientos de su madre. Anclándose como un pocero sobre los huesos iliacos y agarrándose de las costillas, dio tales muestras de resistencia que las señoras se cruzaron finalmente de brazos dejándolo hacer su voluntad...

Como era de esperarse, los psicoanalistas son los únicos hombres de ciencia que han abierto la boca: atribuyen el fenómeno a una especie de histeria colectiva y piensan que son las mujeres y no los niños quienes se conducen en el parto de una manera anormal. Con ello expresan una clara censura al hombre de nuestros días. Tomando en cuenta el carácter explosivo del alumbramiento, un psiquiatra afirma encantado de la vida que la rebelión de los nonatos, aparentemente sin causa, es una verdadera Cruzada de los Niños contra las pruebas atómicas. Ante la sonrisa burlona de los ginecólogos, concluye su alegato con ingenuidad flagrante, insinuando la idea de que tal vez no sea este en que vivimos, el mejor de los mundos posibles.

EL ÚLTIMO DESEO

A Giovanni Papini, experto en balances, liquidaciones y cortes de caja, debemos un reciente escrutinio de la conciencia humana, con saldos más o menos iguales: *Giudizio Universale*, Florencia, 1957.

En los círculos allegados a su intimidad se ha propagado la especie de que el escritor fue favorecido, en los postreros años de su vida, con trances sobrenaturales que incluyeron visiones beatíficas y recorridos turísticos a través del cielo y el infierno.

En el último desván del universo, dicen las malas lenguas, Papini entrevistó a nuestros primeros padres. Adán y Eva, que están todavía en carne y hueso, han envejecido prodigiosamente y no se acuerdan de nada. Dicen que su única ilusión es que muy pronto ocurran el Juicio Final y la Resurrección de la carne, para que ellos puedan morir a más tardar el día siguiente y ser sepultados en su tierra natal. Por supuesto, quieren tomarse antes una foto de familia, con todos sus descendientes reunidos en el Valle de Josafat.

No debe extrañarnos el hecho de que los editores y biógrafos del ilustre contador italiano se hayan puesto de acuerdo para omitir de sus libros esta anécdota conmovedora y pueril.

PARÁBOLA DEL TRUEQUE

Al grito de "¡Cambio esposas viejas por nuevas!" el mercader recorrió las calles del pueblo arrastrando su convoy de pintados carromatos.

Las transacciones fueron muy rápidas, a base de unos precios inexorablemente fijos. Los interesados recibieron pruebas de calidad y certificados de garantía, pero nadie pudo escoger. Las mujeres, según el comerciante, eran de veinticuatro quilates. Todas rubias y todas circasianas. Y más que rubias, doradas como candeleros.

Al ver la adquisición de su vecino, los hombres corrían desaforados en pos del traficante. Muchos quedaron arruinados. Sólo un recién casado pudo hacer cambio a la par. Su esposa estaba flamante y no desmerecía ante ninguna de las extranjeras. Pero no era tan rubia como ellas.

Yo me quedé temblando detrás de la ventana, al paso de un carro suntuoso. Recostada entre almohadones y cortinas, una mujer que parecía un leopardo me miró deslumbrante, como desde un bloque de topacio. Presa de aquel contagioso frenesí, estuve a punto de estrellarme contra los vidrios. Avergozando, me aparté de la ventana y volví el rostro para mirar a Sofía.

Ella estaba tranquila, bordando sobre un nuevo mantel las iniciales de costumbre. Ajena al tumulto, ensartó la aguja con sus dedos seguros. Sólo yo que la conozco podía advertir su tenue, imperceptible palidez. Al final de la calle, el mercader lanzó por último la turbadora proclama: "¡Cambio esposas viejas por nuevas!" Pero yo me quedé con los pies clavados en el suelo, cerrando los oídos a la oportunidad definitiva. Afuera, el pueblo respiraba una atmósfera de escándalo.

Sofía y yo cenamos sin decir una palabra, incapaces de cualquier comentario.

—¿Por qué no me cambiaste por otra? —me dijo al fin, llevándose los platos.

No puede contestarle, y los dos caímos más hondo en el vacío. Nos acostamos temprano, pero no podíamos dormir. Separados y silenciosos, esa noche hicimos un papel de convidados de piedra.

Desde entonces vivimos en una pequeña isla desierta, rodeados por la felicidad tempestuosa. El pueblo parecía un gallinero infestado de pavos reales. Indolentes y voluptuosas, las mujeres pasaban todo el día echadas en la cama. Surgían al atardecer, resplandecientes a los rayos del sol, como sedosas banderas amarillas.

Ni un momento se separaban de ellas los maridos complacientes y sumisos. Obstinados en la miel, descuidaban su trabajo sin pensar en el día de mañana.

Yo pasé por tonto a los ojos del vecindario, y perdí los pocos amigos que tenía. Todos pensaron que quise darles una lección, poniendo el ejemplo absurdo de la fidelidad. Me señalaban con el dedo, riéndose, lanzándome pullas desde sus opulentas trincheras. Me pusieron sobrenombres obscenos, y yo acabé por sentirme como una especie de eunuco en aquel edén placentero.

Por su parte, Sofía se volvió cada vez más silenciosa y retraída. Se negaba a salir a la calle conmigo, para evitarme contrastes y comparaciones. Y lo que es peor, cumplía de mala gana con sus más estrictos deberes de casada. A decir verdad, los dos nos sentíamos apenados de unos amores tan modestamente conyugales.

Su aire de culpabilidad era lo que más me ofendía. Se sintió responsable de que yo no tuviera una mujer como las otras. Se puso a pensar desde el primer momento que su humilde semblante de todos los días era incapaz de apartar la imagen de la tentación que yo llevaba en la cabeza. Ante la hermosura invasora, se batió en retirada hasta los últimos rincones del mudo resentimiento. Yo agoté en vano nuestras pequeñas economías, comprándole adornos, perfumes, alhajas y vestidos.

—¡No me tengas lástima!

Y volvía la espalda a todos los regalos. Si me esforzaba en mimarla, venía su respuesta entre lágrimas:

—¡Nunca te perdonaré que no me hayas cambiado!

Y me echaba la culpa de todo. Yo perdía la paciencia. Y recordando a la que parecía un leopardo, deseaba de todo corazón que volviera a pasar el mercader.

Pero un día las rubias comenzaron a oxidarse. La pequeña isla en que vivíamos recobró su calidad de oasis, rodeada por el desierto. Un desierto hostil, lleno de salvajes alaridos de descontento. Deslumbrados a primera vista, los hombres no pusieron realmente atención en las mujeres. Ni les echaron una buena mirada, ni se les ocurrió ensayar su metal. Lejos de ser nuevas, eran de segunda, de tercera, de sabe Dios cuántas manos... El mercader les hizo sencillamente algunas reparaciones indispensables, y les dio un baño de oro tan bajo y tan delgado, que no resisitió la prueba de las primeras lluvias.

El primer hombre que notó algo extraño se hizo el desentendido, y el segundo también. Pero el tercero, que era farmacéutico, advirtió un día entre el aroma de su mujer la característica emanación del sulfato de cobre. Procediendo con alarma a un examen minucioso, halló manchas oscuras en la superficie de la señora y puso el grito en el cielo.

Muy pronto aquellos lunares salieron a la cara de todas, como si entre las mujeres brotara una epidemia de herrumbre. Los maridos se ocultaron unos a otros las fallas de sus esposas, atormentándose en secreto con terribles sospechas acerca de su procedencia. Poco a poco salió a relucir la verdad, y cada quien supo que había recibido una mujer falsificada.

El recién casado que se dejó llevar por la corriente del entusiasmo que despertaron los cambios, cayó en un profundo abatimiento. Obsesionado por el recuerdo de un cuerpo de blancura inequívoca, pronto dio muestras de extravío. Un día se puso a remover con ácidos corrosivos los restos de oro que había en el cuerpo de su esposa, y la dejó hecha una lástima, una verdadera momia.

Sofía y yo nos encontramos a merced de la envidia y del odio. Ante esa actitud general, creí conveniente tomar algunas precauciones. Pero a Sofía le costaba trabajo disimular su júbilo, y dio en salir a la calle con sus mejores atavíos, haciendo gala entre tanta desolación. Lejos de atribuir algún mérito a mi conducta, Sofía pensaba naturalmente que yo me había quedado con ella por cobarde, pero que no me faltaron las ganas de cambiarla.

Hoy salió del pueblo la expedición de los maridos engañados, que van en busca del mercader. Ha sido verdaderamente un triste espectáculo. Los hombres levantaban al cielo los puños, jurando venganza. Las mujeres iban de luto, lacias y desgreñadas, como plañideras leprosas. El único que se quedó es el famoso recién casado, por cuya razón se teme. Dando pruebas de un apego maniático, dice que ahora será fiel hasta que la muerte lo separe de la mujer ennegrecida, esa que él mismo acabó de estropear a base de ácido sulfúrico.

Yo no sé la vida que me aguarda al lado de una Sofía quién sabe si necia o si prudente. Por lo pronto, le van a faltar admiradores. Ahora estamos en una isla verdadera, rodeada de soledad por todas partes. Antes de irse, los maridos declararon que buscarán hasta el infierno los rastros del estafador. Y realmente, todos ponían al decirlo una cara de condenados.

Sofía no es tan morena como parece. A la luz de la lámpara, su rostro dormido se va llenando de reflejos. Como si del sueño le salieran leves, dorados pensamientos de orgullo

HOGARES FELICES

Tecnicolor significa fracaso en Blacksonville. Lo dice Sam y lo repito yo: corresponsal especializado en hechos sobrenaturales por cuenta de la *Standard Review*. Exclusivo: la ocasión hace al ladrón.

Anoche todos estábamos en el cine. Digo estábamos porque me identifico de corazón en los presentes. Digo todos porque la sala repleta demostró que el número de butacas responde al número de lugareños aquí, donde todo lo que proyecta Sam es apto para menores. La tenue oscilación entre nacimientos y decesos y la imprevisible llegada de forasteros se anulan con sillas plegadizas de quita y pon, particularmente incómodas al pie de la pantalla. Allí estaba yo, pero no debo atribuir a un efecto de óptica lo que todos han visto.

La superproducción panorámica en colores, ofrecida como plato fuerte sólo para cumplir con las apariencias del programa, dejó en nuestra memoria una acompasada masticación de golosinas y el burbujeo de los refrescos de soda. Lo que muchachos y muchachas venimos todos a ver es un corto blanco y negro debido a la ecuanimidad de un aficionado que se mantuvo al margen de la refriega para lograr su filmación. (Antes de que los rollos de dieciséis fueran revelados en familia, Sam adquirió los derechos de exhibición de costa a costa y de frontera a frontera. Los internacionales están por ver, gracias al claro daltonismo de Perry.)

El corto razón de nuestro embeleso está llamado a ser un clásico, porque los habitantes de Blacksonville demostraron en plan de actores improvisados la neta superioridad de los trebejos blancos en el tablero social. Son especialistas y perciben al negro en sus más débiles matices. Aquí donde está prohibida la crianza de gatos pardos y la palabra gris se sustituye por un curioso neologismo que ya figura en todos los buenos diccionarios: luz más o menos manchada de oscuridad. Sí señores, entre el bien y el mal no hay términos medios ni refracción posible. Y anoche todos mostramos una maravillosa reacción ante el espectro.

Pero volvamos a la película, que fue interrumpida en lo más emocionante. Cuando Sam, veterano jonronista, presidente y manager de la novena local que no niega su concurso en casos de emergencia, descargaba su bat sobre la cabeza de Joe. Pero aquí vino la cosa del otro mundo.

Mediante un salto combinado de altura y longitud, Joe brincó desde la pantalla sobre las primeras filas de mirones. (Allí estaba yo.) Corrió por el jardín central y fue a decirle algo en el oído a la señora Perry. Alice se puso histérica en brazos de Sam, que por algo es su marido: el demócrata que ocupa cualquier asiento en la sala, porque le gusta ver de cerca las reacciones de su público.

Casi todos nos pusimos de pie ante semejante desacato. Pero sólo Dixie, un caballero como ya no los hay, echó mano a la pistola. El negro puso pies en polvorosa y se metió a la pantalla. Sabíamos la suerte que le aguardaba porque hemos visto once veces la película. Pero he aquí que Sam barre el aire en abanico y está como Babe Ruth en fotografía. La ovación quedó paralizada y el negro seguía corriendo con su cabeza sana y salva. Entonces Dixie, sin perder los estribos, mandó parar la proyección con su estentórea voz de bajo profundizada por el alcohol. La imagen se detuvo y la vida de nosotros también: el bat seguía en el aire y el negro iba corriendo entre obstáculos inmóviles: todos los habitantes de Blacksonville que tomaron parte en el asunto. Caballero hasta el fin, Dixie le dio una última oportunidad a Joe, marcándole el alto. Por algo es nuestro jefe de policía.

El negro siguió corriendo. Antes de que fuera demasiado tarde, Dixie hizo un disparo perfecto. Joe se desplomó en el horizonte de la pantalla.

Un muchacho que buscaba un becerro extraviado, encontró el cadáver del negro en el horizonte de Blacksonville. Fue identificado porque le faltaban los ojos azules de Joe. La fechoría se atribuye a la única ave de rapiña que merodea en los contornos. Se trata de una especie a punto de extinguirse: el águila imperial *flaminis fulvea* harta de carroña, que ataca piezas de ganado menor con permiso de la sociedad protectora de animales.

El cadáver de Joe clamaba justicia pero nadie se presentó a recogerlo: francamente, olía muy mal y Dixie le dio cristiana sepultura. Una suscripción popular, encabezada por Sam, pondrá cachas de oro a su pistola en conmemoración del suceso milagroso.

Nota bene.—Bajo el rubro Hogares Felices, el periódico local publica una nota que a todos nos congratula: Después de muchos años de matrimonio estéril, la señora Alice Perry dio a luz antes de tiempo, pero con toda felicidad, un robusto bebé. La noche misma en que vio la película del fantasma. El suceso es tanto más sorprendente porque después de varias generaciones de ojos grises, el niño sacó las pupilas celestes del legendario fundador de una familia que ahora es todo Blacksonville. Aquel famoso Samuel Perry que tiene aquí un bello monumento en mármol blanco porque se opuso proféticamente a la liberación de los esclavos, a pesar de su irresistible inclinación por las morenas.

STARRING ALL PEOPLE

Homenaje a Cecil B. de Mille

Después de tomar parte en unas secuencias terrenales, mezclado en la turba de espectadores, Efrén Hud abandona la sala. Con la sombra de un garrote en la mano, alega ante su guía de otro mundo un síntoma nauseoso. El guía lo sostiene compasivo y deplora su malestar. La multitud alterada aúlla en favor del bandido y en contra del inocente. *Ecce homo.* Después de secarse las manos Pilatos arroja el agua sucia sobre la muchedumbre, maldiciéndola en voz baja. Instintivamente, Hud esquiva la salpicadura y se niega a intervenir en el documental de largo metraje, realizado en tres dimensiones. (La cuarta está por ver.)

Con el pretexto de que descanse, el cicerone lo conduce veladamente a la casa del hombre que fue en la tierra Jesucristo, cuando quisieron rendirnos por amor. Mientras el reino de los cielos sufre violencia llegan a un chalet, villa o dacha que domina un canal de regadío con aguas lentas y armoniosas. En la terraza los recibe el actor. Aparenta unos treinta años, hermoso, apacible y moderado. Cuando habla y se exalta, la pasión descompone su figura: ademanes activos, palabra suelta y febril. Soportó con felicidad las pruebas a que fue sometido desde su captura en el huerto de los olivos. Sin embargo, tiene el aspecto suave y deslumbrado de los convalecientes. Se queja, interrumpe su discurso en pausas suspensivas y lleva la mano hacia el costado. Cuando mira en panorama sus ojos se iluminan con inocencia casi infantil, como si viera por primera vez los jardines del crepúsculo:

—Fue tan poco lo que pude vivir entre ustedes... Y en un lugar tan pequeño... Tengo que volver... ¡Claro que debo volver! Pero siéntese usted, por favor... ¡Judas, Judas, ven, tenemos una visita! Le presento a usted a Judas, señor Hud...

—Mucho gusto...

—¿Quiere usted tomar algo?

—Gracias. Me sentí un poco mal en el cine. Tuve que salirme sin ver el final...

—¡Qué bueno que no vio usted esa película! Está incompleta. En realidad no puede decirse que se trata de una película, aunque a mí me parece la mejor de todas... Estuvo a punto de costarme la vida. Pero falta la última parte y voy a terminarla. Los médicos ya me dieron de alta. Sólo espero la voluntad de mi padre... Estoy completamente restablecido de las manos y los pies, pero todavía me duele aquí en el costado... La lanzada que me dio aquel pobre comparsa... ¿Cómo se llama? Pero no fue culpa suya... siempre se me olvida su nombre...

—Longino...

—¡Ah sí, sí! Longino... se le cayó la lanza de las manos... Sí, me acuerdo, se restregó la sangre sin querer sobre los ojos... Me parece que lo estoy viendo... Se quedó encandilado. Pobre, no porque yo fuera yo, sino porque veía por primera vez el sol poniente tras las cruces... ¡Qué palo de ciego!

Los sayones le pusieron la pica en las manos diciéndole: "¡Dale!" Me la clavó con todas sus fuerzas y atravesó la envoltura hasta el centro del sistema... Yo debí quedar para siempre entre vosotros... Y este traidor que me dejó solo. Así son los amigos. ¿Te acuerdas, Judas? Te fuiste a pagar la copa, a divertirte creyendo de buena fe que no corría ningún riesgo, a beber el vino rojo que no era el de las bodas ni tampoco el de mi sangre... Caído en la tentación, reconócelo, querías dártelas de hombre... No sé si por fortuna o por desgracia llegaste en el momento oportuno, después de la esponja de hiel y de vinagre... *Lamma sabactani.* No se mortifique usted, señor Hud... Todo fue tan hermoso, tan hermoso... ¡Qué maravilla de personajes! Toda esa gente del campo, la montaña y la ribera.. Artesanos que labran piedras, maderas, metales humildes y preciosos. Los mercenarios vestidos de andrajos que juegan a los dados hasta la última esperanza, los pescadores que no saben andar sobre las aguas y esas prostitutas aldeanas que hacen mal y bien por una ínfima paga, un adarme de perfume, un puñado de pistaches... Lástima por los exarcas y tetrarcas, los procuradores, trapecitas y sanhedrines... pero entre todos ellos los hay buenos. Mateo publicano, y aquel hombre de Cafarnaum inolvidable, un centurión al servicio del imperio... por nada guardo rencor. Todo está envuelto en mi recuerdo por un denso aroma remoto. Esa fragancia con que María Magdalena ató para siempre mis pies a sus cabellos ¡como si fuera la emanación de su alma titubeante aún entre el arrepentimiento y el ardor..!

El sol se había puesto ya. Sus rayos últimos inflamaron el agua limpia y resonante del canal. El actor dio a la sombra un perfil de Caravaggio. Líneas siderales trazaban de una estrella a otra fantásticos dibujos. Se quedó mirándolos, pero luego dijo con melancolía:

—Usted va a volver antes que yo. Los médicos me dieron de alta, pero mi padre sigue hallándome imperfecto. Tengo que acabar esa película. Faltan las últimas secuencias, el último episodio que puede ser feliz, que debe serlo a pesar de la consumación de los siglos y de los terrores milenarios. ¿Pero qué están haciendo ustedes? Ya lanzaron la primera piedra... Allí, en el jardín, vea ese halo de hierba quemada. Un objeto deplorable se incendió con relámpago iracundo, casi a la diestra del Padre, como quien dice. Cayó en el jardín, pero bien pudo alcanzarme la cabeza, acertado como el rejón de Longino... No se apene, señor Hud; estaba ciego y no supo lo que hizo. Mire, también llega aquí de cuando en cuando una plegaria, un alma vuela directamente sin más combustible que la llama de amor viva, sin más impulso direccional que la obcecada certidumbre de la fe... Pero yo he comprometido a muchos, a los que fiaron el aval de mi palabra, a los que apostaron contra el príncipe del mundo y perdieron lo que tenían. A Pedro lo sedujo la posibilidad de la pesca milagrosa, y ya se sabe lo que pasó. Se le fue la barca de los pies y lo crucificaron de cabeza, como un ancla hacia el abismo. Perdóneme si blasfemo delante de usted, pero más le valdría haberme negado para siempre... Todavía anda por allí con su terquedad al aire libre, el pedrusco que lleva sobre los hombros, esculpido por el viento y la sal, jaspeado por el estiércol de los pájaros marinos. ¡Buen cimiento andariego para un edificio inconmovible! Véalo usted de un lado a otro, corriendo desesperado, pidiendo paz desde la retaguardia, porque la oreja que él cortó con su espada, yo la soldé otra vez tras el pómulo de Malco... pero luego, ¡qué vanidad enorme cabe en una estatura, entre la tiara y las sandalias de oro y de rubíes! Mire lo que son las cosas. Llevo conmigo algunos recuerdos de utilería, por ejemplo, este látigo que usted ignora y que restalla en vano sobre la espalda de los mercaderes. ¡Lástima por no haberme quedado para siempre! La herida todavía está fresca en mi costado y gentes como Felipe siguen esperándome. De las santas mujeres prefiero no hablar. Felipe, un desconocido que me siguió desde el principio. Vendía refrescos de soda en el desierto y cocía jabón con salitre y grasa animal para las lavanderas jordanas. Lo crucificaron oscuramente, primero en Hierápolis, más tarde en Nagasaki y luego los acreedores de su pueblo natal. Se llama Felipe de Jesús y ha fracasado en todo. Le fallaron las parábolas aplicadas a la vida real, porque tomó al pie de la letra el sentido figurado. Perdió como sembrador hasta el último talento de los diez que le di a guardar. Su tepache pasó de moda porque no embriaga a nadie y las amas de casa hacen remilgos a un jabón que huele a sebo y a verraco. (Entretanto, Juan delira evangelista entre las cuatro paredes de su Patmos de azotea, escribe apocalipsis de bolsillo y ángeles malignos le dan de comer libro tras libro en el insomnio.) ¡Y esta herida que no acaba de cerrarse en mi costado! Me parece que fue ayer cuando volvió a abrirla el dedo incrédulo de Tomás... Ayer también cuando los soldados que guardaban el sepulcro, adormilados y borrachos, me vieron ascender a las nubes iluminadas por explosiones poderosas, gracias a la oportuna intervención de Judas... Sólo tuve tiempo para despedirme de María Magdalena... Nadie me vio después de ella... Mire usted cómo Judas se impacienta. Es mi doble y también quiere volver, pero por razones muy distintas a las mías. Tiene el amor propio de los hombres, se lo inculcaron sus amigos y se muere por contradecir la fama del Iscariote. Confiésalo, Judas, díselo tú mismo al señor Hud, cuesta mucho sobrellevar el mote de traidor... Hud... Jehuda... Judas. ¡Pero si son ustedes tocayos, hasta ahora me doy cuenta!

—Perdone usted. Me sentí mal y tuve que salirme del cine...

—No se preocupe. Hizo bien al no ver esa película, hay que filmarla de nuevo. Usted mismo lo sabe, desde el día que abrió los ojos, pero nunca lo ha dicho: la muerte está en la base del drama como la Mujer al pie de la cruz (ojalá y la Madre cuide al Hijo). Permítame ahora un rasgo de vanidad humana y valga como disculpa el hecho de que no me he quitado el maquillaje de hombre. Me duele el desaire, más que la herida en el costado: ni los que me escupían al pasar se molestaron en subir al Calvario, populacho de extras y verdugos. A Simón de Cirene hubo que pagarle el doble porque me diera una mano... Y por todo comentario, las reseñas lacónicas de Flavio y de Filón. Cierto que cometimos errores de tiempo y de lugar. La víspera del sábado y una capital de provincia romana señoreada por la rapiña y la discordia. Y para colmo, el desenlace a la hora de comer. En fin de cuentas, un fracaso de público y de crítica. De taquilla también, en lo que se refiere a las entradas al cielo. Y esto a pesar de que el espectáculo fue anunciado proféticamente con la debida anticipación. A propósito, señor Hud, usted es un hombre justo y por eso está aquí: para detener la espada de la justicia. Anuncie desde mañana que yo volveré en cuanto pueda para establecer en la tierra el reino de mi padre. ¡Otra vez la leyenda de los siglos, esa coproducción de miedo entre el cielo, la tierra y el infierno! Todo está listo. El reparto incluye las estrellas del universo sin distinción de magnitud y el argumento narra la gloria del Señor. El éxito depende de que usted organice a sus semejantes en sociedad anónima. Dividendos iguales para todos, como en la viña. Pero eso sí, cada quien debe cubrir oportunamente el monto de sus acciones. *Tolle lege* y firme donde dice: "Que se haga tu voluntad y no la mía." Se trata de la voluntad de mi padre. Conste.

BABY H. P.

Señora ama de casa: convierta usted en fuerza motriz la vitalidad de sus niños. Ya tenemos a la venta el maravilloso Baby H.P., un aparato que está llamado a revolucionar la economía hogareña.

El Baby H.P. es una estructura de metal muy resistente y ligera que se adapta con perfección al delicado cuerpo infantil, mediante cómodos cinturones, pulseras, anillos y broches. Las ramificaciones de este esqueleto suplementario recogen cada uno de los movimientos del niño, haciéndolos converger en una botellita de Leyden que puede colocarse en la espalda o en el pecho, según necesidad. Una aguja indicadora señala el momento en que la botella está llena. Entonces usted, señora, debe desprenderla y enchufarla en un depósito especial, para que se descargue automáticamente. Este depósito puede colocarse en cualquier rincón de la casa, y representa una preciosa alcancía de electricidad disponible en todo momento para fines de alumbrado y calefacción, así como para impulsar alguno de los innumerables artefactos que invaden ahora, y para siempre, los hogares.

De hoy en adelante usted verá con otros ojos el agobiante ajetreo de sus hijos. Y ni siquiera perderá la paciencia ante una rabieta convulsiva, pensando que es fuente generosa de energía. El pataleo de un niño de pecho durante las veinticuatro horas del día se transforma, gracias al Baby H. P., en unos útiles segundos de tromba licuadora, o en quince minutos de música radiofónica.

Las familias numerosas pueden satisfacer todas sus demandas de electricidad instalando un Baby H.P. en cada uno de sus vástagos, y hasta realizar un pequeño y lucrativo negocio, trasmitiendo a los vecinos un poco de la energía sobrante. En los grandes edificios de departamentos pueden suplirse satisfactoriamente las fallas del servicio público, enlazando todos los depósitos familiares.

El Baby H.P. no causa ningún trastorno físico ni psíquico en los niños, porque no cohibe ni trastorna sus movimientos. Por el contrario, algunos médicos opinan que contribuye al desarrollo armonioso de su cuerpo. Y por lo que toca a su espíritu, puede despertarse la ambición individual de las criaturas, otorgándoles pequeñas recompensas cuando sobrepasen sus récords habituales. Para este fin se recomiendan las golosinas azucaradas, que devuelven con creces su valor. Mientras más calorías se añadan a la dieta del niño, más kilovatios se economizan en el contador eléctrico.

Los niños deben tener puesto día y noche su lucrativo H.P. Es importante que lo lleven siempre a la escuela, para que no se pierdan las horas preciosas del recreo, de las que ellos vuelven con el acumulador rebosante de energía.

Los rumores acerca de que algunos niños mueren electrocutados por la corriente que ellos mismos generan son completamente irresponsables. Lo mismo debe decirse sobre el temor supersticioso de que las criaturas provistas de un Baby

H.P. atraen rayos y centellas. Ningún accidente de esta naturaleza puede ocurrir, sobre todo si se siguen al pie de la letra las indicaciones contenidas en los folletos explicativos que se obsequian con cada aparato.

El Baby H.P. está disponible en las buenas tiendas en distintos tamaños, modelos y precios. Es un aparato moderno, durable y digno de confianza, y todas sus coyunturas son extensibles. Lleva la garantía de fabricación de la casa J.P. Mansfield & Sons, de Atlanta, Ill.

BALTASAR GÉRARD

[1555-1582]

Ir a matar al príncipe de Orange. Ir a matarlo y cobrar luego los veinticinco mil escudos que ofreció Felipe II por su cabeza. Ir a pie, solo, sin recursos, sin pistola, sin cuchillo, creando el género de los asesinos que piden a su víctima el dinero que hace falta para comprar el arma del crimen, tal fue la hazaña de Baltasar Gérard, un joven carpintero de Dôle.

A través de una penosa persecución por los Países Bajos, muerto de hambre y de fatiga, padeciendo incontables demoras entre los ejércitos españoles y flamencos, logró abrirse paso hasta su víctima. En dudas, rodeos y retrocesos invirtió tres años y tuvo que soportar la vejación de que Gaspar Añastro le tomara la delantera.

El portugués Gaspar Añastro, comerciante en paños, no carecía de imaginación, sobre todo ante un señuelo de veinticinco mil escudos. Hombre precavido, eligió cuidadosamente el procedimiento y la fecha del crimen. Pero a última hora decidió poner un intermediario entre su cerebro y el arma: Juan Jáuregui la empuñaría por él.

Juan Jáuregui, jovenzuelo de veinte años, era tímido de por sí. Pero Añastro logró templar su alma hasta el heroísmo, mediante un sistema de sutiles coacciones cuya secreta clave se nos escapa. Tal vez lo abrumó con lecturas heroicas; tal vez lo proveyó de talismanes; tal vez lo llevó metódicamente hacia un consciente suicidio.

Lo único que sabemos con certeza es que el día señalado por su patrón (18 de marzo de 1582), y durante los festivales celebrados en Amberes para honrar al duque de Anjou en su cumpleaños, Jáuregui salió al paso de la comitiva y disparó sobre Guillermo de Orange a quemarropa. Pero el muy imbécil había cargado el cañón de la pistola hasta la punta. El arma estalló en su mano como una granada. Una esquirla de metal traspasó la mejilla del príncipe. Jáuregui cayó al suelo, entre el séquito, acribillado por violentas espadas.

Durante diecisiete días Gaspar Añastro esperó inútilmente la muerte del príncipe. Hábiles cirujanos lograron contener la hemorragia, taponando con sus dedos, día y noche, la arteria destrozada. Guillermo se salvó finalmente, y el portugués, que tenía en el bolsillo el testamento de Jáuregui a favor suyo, se llevó la más amarga desilusión de su vida. Maldijo la imprudencia de confiar en un joven inexperto.

Poco tiempo después la fortuna sonrió para Baltasar Gérard, que recibía de lejos las trágicas noticias. La supervivencia del príncipe, cuya vida parecía estarle reservada, le dio nuevas fuerzas para continuar sus planes, hasta entonces vagos y llenos de incertidumbre.

En mayo logró llegar hasta el príncipe, en calidad de emisario del ejército. Pero no llevaba consigo ni siquiera un alfiler. Difícilmente pudo calmar su desesperación mientras duraba la entrevista. En vano ensayó mentalmente sus manos enflaquecidas sobre el grueso cuello del flamenco. Sin embargo, logró obtener una nueva comisión. Guillermo lo designó para volver al frente, a una ciudad situada en la frontera francesa. Pero Baltasar ya no pudo resignarse a un nuevo alejamiento.

Descorazonado y caviloso, vagó durante dos meses en los alrededores del palacio de Delft. Vivió con la mayor miseria, casi de limosna, tratando de congraciarse lacayos y cocineros. Pero su aspecto extranjero y miserable a todos inspiraba desconfianza.

Un día lo vio el príncipe desde una de las ventanas del palacio y mandó un criado a reconvenirlo por su negligencia. Baltasar respondió que carecía de ropas para el viaje, y que sus zapatos estaban materialmente destrozados. Conmovido, Guillermo le envió doce coronas.

Radiante, Baltasar fue corriendo en busca de un par de magníficas pistolas, bajo el pretexto de que los caminos eran inseguros para un mensajero como él. Las cargó cuidadosamente y volvió al palacio. Diciendo que iba en busca de pasaporte, llegó hasta el príncipe y expresó su petición con voz hueca y conturbada. Se le dijo que esperara un poco en el patio. Invirtió el tiempo disponible planeando su fuga, mediante un rápido examen del edificio.

Poco después, cuando Guillermo de Orange en lo alto de la escalera despedía a un personaje arrodillado, Baltasar salió bruscamente de su escondite, y disparó con puntería excelente. El príncipe alcanzó a murmurar unas palabras y rodó por la alfombra, agonizante.

En medio de la confusión, Baltasar huyó a las caballerizas y los corrales del palacio, pero no pudo saltar, extenuado, la tapia de un huerto. Allí fue apresado por dos cocineros. Conducido a la portería, mantuvo un grave y digno continente. No se le hallaron encima más que unas estampas piadosas y un par de vejigas desinfladas con las que pretendía —mal nadador— cruzar los ríos y canales que le salieran al paso.

Naturalmente, nadie pensó en la dilación de un proceso. La multitud pedía ansiosa la muerte del regicida. Pero hubo que esperar tres días, en atención a los funerales del príncipe.

Baltasar Gérard fue ahorcado en la plaza pública de Delft, ante una multitud encrespada que él miró con desprecio desde el arrecife del cadalso. Sonrió ante la torpeza de un carpintero que hizo volar un martillo por los aires. Una mujer conmovida por el espectáculo estuvo a punto de ser linchada por la animosa muchedumbre.

Baltasar rezó sus oraciones con voz clara y distinta, convencido de su papel de héroe. Subió sin ayuda la escalerilla fatal.

Felipe II pagó puntualmente los veinticinco mil escudos de recompensa a la familia del asesino.

EL FARO

Lo que hace Genaro es horrible. Se sirve de armas imprevistas. Nuestra situación se vuelve asquerosa.

Ayer, en la mesa, nos contó una historia de cornudo. Era en realidad graciosa, pero como si Amelia y yo pudiéramos reírnos, Genaro la estropeó con sus grandes carcajadas falsas. Decía: "¿Es que hay algo más chistoso?" Y se pasaba la mano por la frente, encogiendo los dedos, como buscándose algo. Volvía a reír: "¿Cómo se sentirá llevar cuernos?" No tomaba en cuenta para nada nuestra confusión.

Amelia estaba desesperada. Yo tenía ganas de insultar a Genaro, de decirle toda la verdad a gritos, de salirme corriendo y no volver nunca. Pero como siempre, algo me detenía. Amelia tal vez, aniquilada en la situación intolerable.

Hace ya algún tiempo que la actitud de Genaro nos sorprendía. Se iba volviendo cada vez más tonto. Aceptaba explicaciones increíbles, daba lugar y tiempo para nuestras más descabelladas entrevistas. Hizo diez veces la comedia del viaje, pero siempre volvió el día previsto. Nos absteníamos inútilmente en su ausencia. De regreso, traía pequeños regalos y nos estrechaba de modo inmoral, besándonos casi el cuello, teniéndonos excesivamente contra su pecho. Amelia llegó a desfallecer de repugnancia entre semejantes abrazos.

Al principio hacíamos las cosas con temor, creyendo correr un gran riesgo. La impresión de que Genaro iba a descubrirnos en cualquier momento, teñía nuestro amor de miedo y de vergüenza. La cosa era clara y limpia en este sentido. El drama flotaba realmente sobre nosotros, dando dignidad a la culpa. Genaro lo ha echado a perder. Ahora estamos envueltos en algo turbio, denso y pesado. Nos amamos con desgana, hastiados, como esposos. Hemos adquirido poco a poco la costumbre insípida de tolerar a Genaro. Su presencia es insoportable porque no nos estorba; más bien facilita la rutina y provoca el cansancio.

A veces, el mensajero que nos trae las provisiones dice que la supresión de este faro es un hecho. Nos alegramos Amelia y yo, en secreto. Genaro se aflige visiblemente: "¿A dónde iremos?", nos dice. "¡Somos aquí tan felices!" Suspira. Luego, buscando mis ojos: "Tú vendrás con nosotros, a dondequiera que vayamos". Y se queda mirando el mar con melancolía.

NABÓNIDES

El propósito original de Nabónides, según el profesor Rabsolom, era simplemente restaurar los tesoros arqueológicos de Babilonia. Había visto con tristeza las gastadas piedras de los santuarios, las borrosas estelas de los héroes y los sellos anulares que dejaban una impronta ilegible sobre los documentos imperiales. Emprendió sus restauraciones metódicamente y no sin una cierta parsimonia. Desde luego, se preocupó por la calidad de los materiales, eligiendo las piedras de grano más fino y cerrado.

Cuando se le ocurrió copiar de nuevo las ochocientas mil tabletas de que constaba la biblioteca babilónica, tuvo que fundar escuelas y talleres para escribas, grabadores y alfareros. Distrajo de sus puestos administrativos un buen número de empleados y funcionarios, desafiando las críticas de los jefes militares que pedían soldados y no escribas para apuntalar el derrumbe del imperio, trabajosamente erigido por los antepasados heroicos, frente al asalto envidioso de las ciudades vecinas. Pero Nabónides, que veía por encima de los siglos, comprendió que la historia era lo que importaba. Se entregó denodadamente a su tarea, mientras el suelo se le iba de los pies.

Lo más grave fue que una vez consumadas todas las restauraciones, Nabónides no pudo cesar ya en su labor de historiador. Volviendo definitivamente la espalda a los acontecimientos, sólo se dedicaba a relatarlos sobre piedra o sobre arcilla. Esta arcilla, inventada por él a base de marga y asfalto, ha resultado aún más indestructible que la piedra. (El profesor Rabsolom es quien ha establecido la fórmula de esa pasta cerámica. En 1913 encontró una serie de piezas enigmáticas, especie de cilindros o pequeñas columnas, que se hallaban revestidas con esa sustancia misteriosa. Adivinando la presencia de una escritura oculta, Rabsolom comprendió que la capa de asfalto no podía ser retirada sin destruir los caracteres. Ideó entonces el procedimiento siguiente: vació a cincel la piedra interior, y luego, por medio de un desincrustante que ataca los residuos depositados en las huellas de la escritura, obtuvo cilindros huecos. Por medio de sucesivos vaciados seccionales, logró hacer cilindros de yeso que presentaron la intacta escritura original. El profesor Rabsolom sostiene, atinadamente, que Nabónides procedió de este modo incomprensible previendo una invasión enemiga con el habitual acompañamiento de furia iconoclasta. Afortunadamente, no tuvo tiempo de ocultar así todas sus obras.) [1]

Como la muchedumbre de operarios era insuficiente, y la historia acontecía con rapidez, Nabónides se convirtió también en lingüista y en gramático: quiso simplificar el alfabeto, creando una especie de taquigrafía. De hecho, complicó la escritura plagándola de abreviaturas, omisiones y siglas que ofrecen toda una serie de nuevas dificultades al profesor Rabsolom. Pero así logró llegar Nabónides hasta sus propios días,

[1] Los que quieran profundizar el tema, pueden leer con provecho la extensa monografía de Adolf von Pinches: *Nabonidzylinder*. Jena, 1912.

con entusiasmada minuciosidad; alcanzó a escribir la historia de su historia y la somera clave de sus abreviaturas, pero con tal afán de síntesis, que este relato sería tan extenso como la *Epopeya de Gilgamesh,* si se le compara con las últimas concisiones de Nabónides.

Hizo redactar también —Rabsolom dice que la redactó él mismo— una historia de sus hipotéticas hazañas militares, él, que abandonó su lujosa espada en el cuerpo del primer guerrero enemigo. En el fondo, tal historia era un pretexto más para esculpir tabletas, estelas y cilindros.

Pero los adversarios persas fraguaban desde lejos la perdición del soñador. Un día llegó a Babilonia el urgente mensaje de Creso, con quien Nabónides había concertado una alianza. El rey historiador mandó grabar en un cilindro el mensaje y el nombre del mensajero, la fecha y las condiciones del pacto. Pero no acudió al llamado de Creso. Pero después, los persas cayeron por sorpresa en la ciudad, dispersando el laborioso ejército de escribas. Los guerreros babilonios, descontentos, combatieron apenas, y el imperio cayó para no alzarse más de sus escombros.

La historia nos ha trasmitido dos oscuras versiones acerca de la muerte de su fiel servidor. Una de ellas lo sacrifica a manos de un usurpador, en los días trágicos de la invasión persa. La otra nos dice que fue hecho prisionero y llevado a una isla lejana. Allí murió de tristeza, repasando en la memoria el repertorio de la grandeza babilonia. Esta última versión es la que se acomoda mejor a la índole apacible de Nabónides.

MONÓLOGO DEL INSUMISO

Homenaje a M. A.

Poseí a la huérfana la noche misma en que velábamos a su padre a la luz parpadeante de los cirios. (¡Oh, si pudiera decir esto mismo con otras palabras!)

Como todo se sabe en este mundo, la cosa llegó a oídos del viejecillo que mira nuestro siglo a través de sus maliciosos quevedos. Me refiero a ese anciano señor que preside las letras mexicanas tocado con el gorro de dormir de los memorialistas, y que me vapuleó en plena calle con su enfurecido bastón, ante la ineficacia de la policía ciudadana. Recibí también una corrosiva lluvia de injurias proferidas con voz aguda y furiosa. Y todo gracias a que el incorrecto patriarca ¡el diablo se lo lleve! estaba enamorado de la dulce muchacha que desde ahora me aborrece.

¡Ay de mí! Ya me aborrece hasta la lavandera, a pesar de nuestros cándidos y dilatados amores. Y la bella confidente, a quien el decir popular señala como mi Dulcinea, no quiso oír ya las quejas del corazón doliente de su poeta. Creo que me desprecian hasta los perros.

Por fortuna, estas infames habladurías no pueden llegar hasta mi querido público. Yo canto para un auditorio compuesto de recatadas señoritas y de empolvados viejitos positivistas. A ellos la atroz especie no llega; están bien lejos del mundanal ruido. Para ellos sigo siendo el pálido joven que impreca a la divinidad en imperiosos tercetos y que restaña sus lágrimas con una blonda guedeja.

Estoy acribillado de deudas para con los críticos del futuro. Sólo puedo pagar con lo que tengo. Heredé un talego de imágenes gastadas. Pertenezco al género de los hijos pródigos que malgastan el dinero de los antepasados, pero que no pueden hacer fortuna con sus propias manos. Todas las cosas que se me han ocurrido las recibí enfundadas en una metáfora. Y a nadie le he podido contar la atroz aventura de mis noches de solitario, cuando el germen de Dios comienza a crecer de pronto en mi alma vacía.

Hay un diablo que me castiga poniéndome en ridículo. Él me dicta casi todo lo que escribo. Y mi pobre alma cancelada está ahogándose bajo el aluvión de las estrofas.

Sé muy bien que llevando una vida un poco más higiénica y racional podría llegar en buen estado al siglo venidero. Donde una poesía nueva está aguardando a los que logren salvarse de este desastroso siglo XIX. Pero me siento condenado a repetirme y a repetir a los demás.

Ya me imagino mi papel para entonces y veo al joven crítico que me dice con su acostumbrada elegancia: "Usted, querido señor, un poco más atrás, si no le es molesto. Allí, entre los representantes de nuestro romanticismo."

Y yo andaría con mi cabellera llena de telarañas, representando a los ochenta años las antiguas tendencias con poemas cada vez más cavernosos y más inoperantes. No señor. No me dirá usted "un poco más atrás por favor". Me voy desde ahora. Es decir, prefiero quedarme aquí, en esta confortable tumba de romántico, reducido a mi papel de botón tronchado, de semilla aventada por el gélido soplo del escepticismo. Muchas gracias por sus buenas intenciones.

Ya llorarán por mí las señoritas vestidas de color de rosa, al pie de un ahuehuete centenario. Nunca faltará un carcamal positivista que celebre mis bravatas, ni un joven sardónico que comprenda mi secreto, y llore por mí una lágrima oculta.

La gloria, que amé a los dieciocho años, me parece a los veinticuatro algo así como una corona mortuoria que se pudre y apesta en la humedad de una fosa.

Verdaderamente, quisiera hacer algo diabólico, pero no se me ocurre nada.

Cuando menos, me gustaría que no sólo en mi cuarto, sino a través de toda la literatura mexicana, se extendiera un poco este olor de almendras amargas que exhala el licor que a la salud de ustedes, señoras y señores, me dispongo a beber.

SINESIO DE RODAS

Las páginas abrumadoras de la *Patrología griega* de Paul Migne han sepultado la memoria frágil de Sinesio de Rodas, que proclamó el imperio terrestre de los ángeles del azar.

Con su habitual exageración, Orígenes dio a los ángeles una importancia excesiva dentro de la economía celestial. Por su parte, el piadoso Clemente de Alejandría reconoció por primera vez un ángel guardián a nuestra espalda. Y entre los primeros cristianos del Asia Menor se propagó un afecto desordenado por las multiplicidades jerárquicas.

Entre la masa oscura de los herejes angelólogos, Valentino el Gnóstico y Basílides, su eufórico discípulo, emergen con brillo luciferino. Ellos dieron alas al culto maniático de los ángeles. En pleno siglo II quisieron alzar del suelo pesadísimas criaturas positivas, que llevan hermosos nombres científicos, como Dínamo y Sofía, a cuya progenie bestial debe el género humano sus desdichas.

Menos ambicioso que sus predecesores, Sinesio de Rodas aceptó el Paraíso tal y como fue concebido por los Padres de la Iglesia, y se limitó a vaciarlo de sus ángeles. Dijo que los ángeles viven entre nosotros y que a ellos debemos entregar directamente todas nuestras plegarias, en su calidad de concesionarios y distribuidores exclusivos de las contingencias humanas. Por un mandato supremo, los ángeles dispersan, provocan y acarrean los mil y mil accidentes de la vida. Los hacen cruzar y entretejerse unos con otros, en un movimiento acelerado y aparentemente arbitrario. Pero a los ojos de Dios, van urdiendo una tela de complicados arabescos, mucho más hermosa que el constelado cielo nocturno. Los dibujos del azar se transforman, ante la mirada eterna, en misteriosos signos cabalísticos que narran la aventura del mundo.

Los ángeles de Sinesio, como innumerables y veloces lanzaderas, están tejiendo desde el principio de los tiempos la trama de la vida. Vuelan de un lado a otro, sin cesar, trayendo y llevando voliciones, ideas, vivencias y recuerdos, dentro de un cerebro infinito y comunicante, cuyas células nacen y mueren con la vida efímera de los hombres.

Tentado por el auge maniqueo, Sinesio de Rodas no tuvo inconveniente en alojar en su teoría a las huestes de Lucifer, y admitió los diablos en calidad de saboteadores. Ellos complican la urdimbre sobre la que los ángeles traman; rompen el buen hilo de nuestros pensamientos, alteran los colores puros, se birlan la seda, el oro y la plata, y los suplen con burdo cañamazo. Y la humanidad ofrece a los ojos de Dios su lamentable tapicería, donde aparecen tristemente alteradas las líneas del diseño original

Sinesio se pasó la vida reclutando operarios que trabajaran del lado de los ángeles buenos, pero no tuvo continuadores dignos de estima. Solamente se sabe que Fausto de Milevio, el patriarca maniqueo, cuando ya viejo y desteñido volvía de aquella memorable entrevista africana en que fue decisivamente vapuleado por San Agustín, se detuvo en Rodas para escuchar las prédicas de Sinesio, que quiso ganarlo para una causa sin porvenir. Fausto escuchó las peticiones del angelófilo con deferencia senil, y aceptó fletar una pequeña y desmantelada embarcación que el apóstol abordó peligrosamente con todos sus discípulos, rumbo a una empresa continental. No se volvió a saber nada de ellos, después de que se alejaron de las costas de Rodas, en un día que presagiaba tempestad.

La herejía de Sinesio careció de renombre y se perdió en el horizonte cristiano sin estela aparente. Ni siquiera obtuvo el honor de ser condenada oficialmente en concilio, a pesar de que Eutiques, abad de Constantinopla, presentó a los sinodales una extensa refutación, que nadie leyó, titulada *Contra Sinesio.*

Su frágil memoria ha naufragado en un mar de páginas: la *Patrología griega* de Paul Migne.

PUEBLERINA

Al volver la cabeza sobre el lado derecho para dormir el último, breve y delgado sueño de la mañana, don Fulgencio tuvo que hacer un gran esfuerzo y empitonó la almohada. Abrió los ojos. Lo que hasta entonces fue una blanda sospecha, se volvió certeza puntiaguda.

Con un poderoso movimiento del cuello don Fulgencio levantó la cabeza, y la almohada voló por los aires. Frente al espejo, no pudo ocultarse su admiración, convertido en un soberbio ejemplar de rizado testuz y espléndidas agujas. Profundamente insertados en la frente, los cuernos eran blanquecinos en su base, jaspeados a la mitad, y de un negro aguzado en los extremos.

Lo primero que se le ocurrió a don Fulgencio fue ensayarse el sombrero. Contrariado, tuvo que echarlo hacia atrás: eso le daba un aire de cierta fanfarronería.

Como tener cuernos no es una razón suficiente para que un hombre metódico interrumpa el curso de sus acciones, don Fulgencio emprendió la tarea de su ornato personal, con minucioso esmero, de pies a cabeza. Después de lustrarse los zapatos, don Fulgencio cepilló ligeramente sus cuernos, ya de por sí resplandecientes.

Su mujer le sirvió el desayuno con tacto exquisito. Ni un solo gesto de sorpresa, ni la más mínima alusión que pudiera herir al marido noble y pastueño. Apenas si una suave y temerosa mirada revoloteó un instante, como sin atreverse a posar en las afiladas puntas.

El beso en la puerta fue como el dardo de la divisa. Y don Fulgencio salió a la calle respingando, dispuesto a arremeter contra su nueva vida. Las gentes lo saludaban como de costumbre, pero al cederle la acera un jovenzuelo, don Fulgencio adivinó un esguince lleno de torería. Y una vieja que volvía de misa le echó una de esas miradas estupendas, insidiosa y desplegada como una larga serpentina. Cuando quiso ir contra ella el ofendido, la lechuza entró en su casa como el diestro detrás de un burladero. Don Fulgencio se dio un golpe contra la puerta, cerrada inmediatamente, que le hizo ver las estrellas. Lejos de ser una apariencia, los cuernos tenían que ver con la última derivación de su esqueleto. Sintió el choque y la humillación hasta en la punta de los pies.

Afortunadamente, la profesión de don Fulgencio no sufrió ningún desdoro ni decadencia. Los clientes acudían a él entusiasmados, porque su agresividad se hacía cada vez más patente en el ataque y la defensa. De lejanas tierras venían los litigantes a buscar el patrocinio de un abogado con cuernos.

Pero la vida tranquila del pueblo tomó a su alrededor un ritmo agobiante de fiesta brava, llena de broncas y herraderos. Y don Fulgencio embestía a diestro y siniestro, contra todos, por quítame allá esas pajas. A decir verdad, nadie le echaba sus cuernos en cara, nadie se los veía siquiera. Pero todos aprovechaban la menor distracción para ponerle un buen par de banderillas; cuando menos, los más tímidos se conformaban con hacerle unos burlescos y floridos galleos. Algunos caballeros de estirpe medieval no desdeñaban la ocasión de colocar a don Fulgencio un buen puyazo, desde sus engreídas y honorables alturas. Las serenatas del domingo y las fiestas nacionales daban motivo para improvisar ruidosas capeas populares a base de don Fulgencio, que achuchaba, ciego de ira, a los más atrevidos lidiadores.

Mareado de verónicas, faroles y revoleras, abrumado con desplantes, muletazos y pases de castigo, don Fulgencio llegó a la hora de la verdad lleno de resabios y peligrosos derrotes, convertido en una bestia feroz. Ya no lo invitaban a ninguna fiesta ni ceremonia pública, y su mujer se quejaba amargamente del aislamiento en que la hacía vivir el mal carácter de su marido.

A fuerza de pinchazos, varas y garapullos, don Fulgencio disfrutaba sangrías cotidianas y pomposas hemorragias dominicales. Pero todos los derrames se le iban hacia dentro, hasta el corazón hinchado de rencor.

Su grueso cuello de Miura hacía presentir el instantáneo fin de los pletóricos. Rechoncho y sanguíneo, seguía embistiendo en todas direcciones, incapaz de reposo y de dieta. Y un día que cruzaba la Plaza de Armas, trotando a la querencia, don Fulgencio se detuvo y levantó la cabeza azorado, al toque de un lejano clarín. El sonido se acercaba, entrando en sus orejas como una tromba ensordecedora. Con los ojos nublados, vio abrirse a su alrededor un coso gigantesco; algo así como un Valle de Josafat lleno de prójimos con trajes de luces. La congestión se hundió luego en su espina dorsal, como una estocada hasta la cruz. Y don Fulgencio rodó patas arriba sin puntilla.

A pesar de su profesión, el notorio abogado dejó su testamento en borrador. Allí expresaba, en un sorprendente tono de súplica, la voluntad postrera de que al morir le quitaran los cuernos, ya fuera a serrucho, ya a cincel y martillo. Pero su conmovedora petición se vio traicionada por la diligencia de un carpintero oficioso, que le hizo el regalo de un ataúd especial, provisto de dos vistosos añadidos laterales.

Todo el pueblo acompañó a don Fulgencio en el arrastre, conmovido por el recuerdo de su bravura. Y a pesar del apogeo luctuoso de las ofrendas, las exequias y las tocas de la viuda, el entierro tuvo un no sé qué de jocunda y risueña mascarada.

EVA

Él la perseguía a través de la biblioteca entre mesas, sillas y facistoles. Ella se escapaba hablando de los derechos de la mujer, infinitamente violados. Cinco mil años absurdos los separaban. Durante cinco mil años ella había sido inexorablemente vejada, postergada, reducida a la esclavitud. Él trataba de justificarse por medio de una rápida y fragmentaria alabanza personal, dicha con frases entrecortadas y trémulos ademanes.

En vano buscaba él los textos que podían dar apoyo a sus teorías. La biblioteca, especializada en literatura española de los siglos XVI y XVII, era un dilatado arsenal enemigo, que glosaba el concepto del honor y algunas atrocidades de ese mismo jaez.

El joven citaba infatigablemente a J. J. Bachofen, el sabio que todas las mujeres debían leer, porque les ha devuelto la grandeza de su papel en la prehistoria. Si sus libros estuvieran a mano, él habría puesto a la muchacha ante el cuadro de aquella civilización oscura, regida por la mujer, cuando la tierra tenía en todas partes una recóndita humedad de entraña y el hombre trataba de alzarse de ella en palafitos.

Pero a la muchacha todas estas cosas la dejaban fría. Aquel periodo matriarcal, por desgracia no histórico y apenas comprobable, parecía aumentar su resentimiento. Se escapaba siempre de anaquel en anaquel, subía a veces a las escalerillas y abrumaba al joven bajo una lluvia de denuestos. Afortunadamente, en la derrota, algo acudió en auxilio del joven. Se acordó de pronto de Heinz Wölpe. Su voz adquirió citando a este autor un nuevo y poderoso acento.

"En el principio sólo había un sexo, evidentemente femenino, que se reproducía automáticamente. Un ser mediocre comenzó a surgir en forma esporádica, llevando una vida precaria y estéril frente a la maternidad formidable. Sin embargo, poco a poco fue apropiándose ciertos órganos esenciales. Hubo un momento en que se hizo imprescindible. La mujer se dio cuenta, demasiado tarde, de que le faltaban ya la mitad de sus elementos y tuvo necesidad de buscarlos en el hombre, que fue hombre en virtud de esa separación progresiva y de ese regreso accidental a su punto de origen."

La tesis de Wölpe sedujo a la muchacha. Miró al joven con ternura. "El hombre es un hijo que se ha portado mal con su madre a través de toda la historia", dijo casi con lágrimas en los ojos.

Lo perdonó a él, perdonando a todos los hombres. Su mirada perdió resplandores, bajó los ojos como una madona. Su boca, endurecida antes por el desprecio, se hizo blanda y dulce como un fruto. Él sentía brotar de sus manos y de sus labios caricias mitológicas. Se acercó a Eva temblando y Eva no huyó.

Y allí en la biblioteca, en aquel escenario complicado y negativo, al pie de los volúmenes de conceptuosa literatura, se inició el episodio milenario, a semejanza de la vida en los palafitos.

EL DISCÍPULO

De raso negro, bordeada de armiño y con gruesos alamares de plata y de ébano, la gorra de Andrés Salaino es la más hermosa que he visto. El maestro la compró a un mercader veneciano y es realmente digna de un príncipe. Para no ofenderme, se detuvo al pasar por el Mercado Viejo y eligió este bonete de fieltro gris. Luego, queriendo celebrar el estreno, nos puso de modelo el uno al otro.

Dominado mi resentimiento, dibujé una cabeza de Salaino, lo mejor que ha salido de mi mano. Andrés aparece tocado con su hermosa gorra, y con el gesto altanero que pasea por las calles de Florencia, creyéndose a los dieciocho años un maestro de la pintura. A su vez, Salaino me retrató con el ridículo bonete y con el aire de un campesino recién llegado de San Sepolcro. El maestro celebró alegremente nuestra labor, y él mismo sintió ganas de dibujar. Decía: "Salaino sabe reírse y no ha caído en la trampa". Y luego, dirigiéndose a mí: "Tú sigues creyendo en la belleza. Muy caro lo pagarás. No falta en tu dibujo una línea, pero sobran muchas. Traedme un cartón. Os enseñaré cómo se destruye la belleza".

Con un lápiz de carbón trazó el bosquejo de una bella figura: el rostro de un ángel, tal vez el de una hermosa mujer. Nos dijo: "Mirad, aquí está naciendo la belleza. Estos dos huecos sombríos son sus ojos; estas líneas imperceptibles, la boca. El rostro entero carece de contorno. Ésta es la belleza".

Y luego, con un guiño: "Acabemos con ella". Y en poco tiempo, dejando caer unas líneas sobre otras, creando espacios de luz y de sombras, hizo de memoria ante mis ojos maravillados el retrato de Gioia. Los mismos ojos oscuros, el mismo óvalo del rostro, la misma imperceptible sonrisa.

Cuando yo estaba más embelesado, el maestro interrumpió su trabajo y comenzó a reír de manera extraña. "Hemos acabado con la belleza", dijo. "Ya no queda sino esta infame caricatura". Sin comprender, yo seguía contemplando aquel rostro espléndido y sin secretos. De pronto, el maestro rompió en dos el dibujo y arrojó los pedazos al fuego de la chimenea. Quedé inmóvil de estupor. Y entonces él hizo algo que nunca podré olvidar ni perdonar. De ordinario tan silencioso, echó a reír con una risa odiosa, frenética. "¡Anda, pronto, salva a tu señora del fuego!" Y me tomó la mano derecha y revolvió con ella las frágiles cenizas de la hoja de cartón. Vi por última vez sonreír el rostro de Gioia entre las llamas.

Con mi mano escaldada lloré silencioso, mientras Salaino celebraba ruidosamente la pesada broma del maestro.

Pero sigo creyendo en la belleza. No seré un gran pintor, y en vano olvidé en San Sepolcro las herramientas de mi padre. No seré un gran pintor, y Gioia casará con el hijo de un mercader. Pero sigo creyendo en la belleza.

Trastornado, salgo del taller y vago al azar por las calles. La belleza está en torno de mí, y llueve oro y azul sobre Florencia. La veo en los ojos oscuros de Gioia, y en el porte arrogante de Salaino, tocado con su gorra de abalorios. Y en las orillas del río me detengo a contemplar mis dos manos ineptas.

La luz cede poco a poco y el Campanile recorta en el cielo su perfil sombrío. El panorama de Florencia se oscurece lentamente, como un dibujo sobre el cual se acumulan demasiadas líneas. Una campana deja caer el comienzo de la noche.

Asustado, palpo mi cuerpo y echo a correr temeroso de disolverme en el crepúsculo. En las últimas nubes creo distinguir la sonrisa fría y desencantada del maestro, que hiela mi corazón. Y vuelvo a caminar lentamente, cabizbajo, por calles cada vez más sombrías, seguro de que voy a perderme en el olvido de los hombres.

PABLO

Una mañana igual a todas, en que las cosas tenían el aspecto de siempre y mientras el rumor de las oficinas del Banco Central se esparcía como un aguacero monótono, el corazón de Pablo fue visitado por la gracia. El cajero principal se detuvo en medio de las complicadas operaciones y sus pensamientos se concentraron en un punto. La idea de la divinidad llenó su espíritu, intensa y nítida como una visión, clara como una imagen sensorial. Un goce extraño y profundo, que otras veces había llegado hasta él como un reflejo momentáneo y fugaz, se hizo puro y durable y halló su plenitud. Le pareció que el mundo estaba habitado por Pablos innumerables y que en ese momento todos convergían en su corazón.

Pablo vio a Dios en el principio, personal y total, resumiendo dentro de sí todas las posibilidades de la creación. Sus ideas volaban en el espacio como ángeles y la más bella de todas era la idea de libertad, hermosa y amplia como la luz. El universo, recién creado y virginal, disponía sus criaturas en órdenes armoniosos. Dios les había impartido la vida, la quietud o el movimiento, pero había quedado él mismo íntegro, inabordable, sublime. La más perfecta de sus obras le era inmensamente remota. Desconocido en medio de su omnipotencia creadora y motora, nadie podía pensar en él ni suponerlo siquiera. Padre de unos hijos incapaces de amarlo, se sintió inexorablemente solo y pensó en el hombre como en la única posibilidad de verificar su esencia con plenitud. Supo entonces que el hombre debía contener las cualidades divinas; de lo contrario, iba a ser otra criatura muda y sumisa. Y Dios, después de una larga espera, decidió vivir sobre la tierra; descompuso su ser en miles de partículas y puso el germen de todas ellas en el hombre, para que un día, después de recorrer todas las formas posibles de la vida, esas partes errantes y arbitrarias se reuniesen, formando otra vez el modelo original, aislando a Dios y devolviéndolo a la unidad. Así quedará concluido el ciclo de la existencia universal y verificado totalmente el proceso de la creación, que Dios emprendió un día en que su corazón rebosaba de amoroso entusiasmo.

Perdido en la corriente del tiempo, gota de agua en un mar de siglos, grano de arena en un desierto infinito, allí está Pablo en su mesa, con su traje gris a cuadros y sus anteojos de carey artificial, con el pelo castaño y liso dividido por una raya minuciosa, con sus manos que escriben letras y números impecables, con su ordenada cabeza de empleado contable que logra resultados infalibles, que distribuye las cifras en derechas columnas, que nunca ha cometido un error, ni puesto una mancha en las páginas de sus libros. Allí está, inclinado sobre su mesa, recibiendo las primeras palabras de un mensaje extraordinario, él, a quien nadie conoce ni conocerá jamás, pero que lleva dentro de sí la fórmula perfecta, el número acertado de una inmensa lotería.

Pablo no es bueno ni es malo. Sus actos responden a un carácter cuyo mecanismo es muy sencillo en apariencia; pero sus elementos han tardado miles de años en reunirse, y su funcionamiento fue previsto en el alba del mundo. Todo el pasado humano careció de Pablo. El presente está lleno de Pablos imperfectos, mejores y peores, grandes y pequeños, famosos o desconocidos. Inconscientemente, todas las madres trataron de tenerlo como hijo, todas delegaron esa tarea en sus descendientes, con la certeza de ser algún día sus abuelas. Pero Pablo había sido concebido como un fruto indirecto y remoto; su madre tuvo que morir, ignorante, en el momento mismo del alumbramiento. Y la clave del plan a que obedecía su existencia le fue confiada a Pablo durante una mañana cualquiera, que no llegó precedida de ningún aviso exterior, en la que todo era igual que siempre y en la que resonaba el trabajo, dentro de las extensas oficinas del Banco Central, con su mismo acostumbrado rumor.

Cuando salió de la oficina, Pablo vio el mundo con otros ojos. Rendía un silencioso homenaje a cada uno de sus semejantes. Veía a los hombres con el pecho transparente, como animadas custodias, y el blanco símbolo resplandecía en todas. El Creador excelente iba contenido en cada una de sus criaturas y verificado en ella. Desde ese día, Pablo juzgó la maldad de otra manera: como el resultado de una dosis incorrecta de virtudes, excesivas las unas, escasas las otras. Y el conjunto deficiente engendraba virtudes falsas, que tenían todo el aspecto del mal.

Pablo sentía una gran piedad por todos aquellos inconscientes portadores de Dios, que muchas veces lo olvidan y lo niegan, que lo sacrifican en un cuerpo corrompido. Vio a la humanidad que buceaba, que buscaba infatigablemente el arquetipo perdido. Cada hombre que nacía era un probable salvador; cada muerto era una fórmula fallida. El género humano, desde el primer día, efectúa todas las combinaciones posibles, ensaya todas las dosis imaginables con las partículas divinas que andan dispersas en el mundo. La humanidad esconde penosamente en la tierra sus fracasos y contempla con emoción el renovado sacrificio de las madres. Los santos y los sabios hacen renacer la esperanza; los grandes criminales del universo la frustran. Tal vez antes del hallazgo final aguarda la última decepción, y debe verificarse la fórmula que realice al hombre más exactamente contrario al arquetipo, la bestia apocalíptica que han temido todos los siglos.

Pablo sabía muy bien que nadie debe perder la esperanza. La humanidad es inmortal porque Dios está en ella y lo que hay en el hombre de perdurable es la eternidad misma de Dios. Las grandes hecatombres, los diluvios y los terremotos, la guerra y la peste no podrán acabar con la última pareja. El hombre nunca tendrá una sola cabeza, para que alguien pueda segarla de un golpe.

Desde el día de la revelación, Pablo vivió una vida diferente. Cesaron para él preocupaciones y afanes pasajeros. Le pareció que la sucesión habitual de los días y las noches, las semanas y los meses, había cesado para él. Creyó vivir en un solo momento, enorme y detenido, amplio y estático como un islote en la eternidad. Consagraba sus horas libres a la reflexión y a la humildad. Todos los días era visitado por claras ideas y su cerebro se iba poblando de resplandores. Sin que pusiera nada de su parte, el hálito universal lo penetraba poco a poco y se sentía iluminado y trascendido, como si un gran golpe de primavera traspasara el ramaje de su ser. Su pensamiento se ventilaba en las más altas cimas. En la calle, arrebatado por sus ideas, con la cabeza en las nubes, le costaba trabajo recordar que iba sobre la tierra. La ciudad se transfiguraba para él. Los pájaros y los niños le traían felices mensajes. Los colores parecían extremar su cualidad y estaban como recién puestos en las cosas. A Pablo le habría gustado ver el mar y las grandes montañas. Se consolaba con el césped y las fuentes.

¿Por qué los demás hombres no compartían con él ese goce supremo? Desde su corazón, Pablo hacía a todos silenciosas invitaciones. A veces le angustiaba la soledad de su éxtasis. Todo el mundo era suyo, y temblaba como un niño ante la enormidad del regalo; pero se prometió disfrutarlo detenidamente. Por lo pronto, había que dedicar la tarde a ese árbol grande y hermoso, a esa nube blanca y rosa que gira suavemente en el cielo, al juego de ese niño de cabellos rubios que rueda su pelota sobre el césped.

Naturalmente, Pablo sabía que una de las condiciones de su goce era la de ser un goce secreto, intransferible. Comparó su vida de antes con la de ahora. ¡Qué desierto de estéril monotonía! Comprendió que si alguien hubiera venido entonces a revelarle el panorama del mundo, él se habría quedado indiferente, viéndolo todo igual, intrascendente y vacío.

A nadie comunicó la más pequeña de sus experiencias. Vivía en una propicia soledad, sin amigos íntimos y con los parientes lejanos. Su carácter retraído y silencioso facilitaba la reserva. Sólo temió que su cara pudiera revelar la transformación, o que los ojos traicionaran el brillo interior. Por fortuna, nada de esto sucedía. En el trabajo y en la casa de huéspedes nadie notó cambio alguno y la vida exterior transcurría exactamente igual a la de antes.

A veces, un recuerdo aislado, de la infancia o la adolescencia, irrumpía de pronto en su memoria para incluirse en una clara unidad. A Pablo le gustaba agrupar estos recuerdos en torno de la idea central que llenaba su espíritu, y se complacía viendo en ellos una especie de presagio acerca de su destino ulterior. Presagios que había desatendido porque eran breves y débiles, porque no había aprendido aún a descifrar esos mensajes que la naturaleza envía, encerrados en pequeñas maravillas, hacia el corazón de cada hombre. Ahora se llenaban de sentido, y Pablo señalaba el camino de su espíritu, como con blancas piedrecillas. Cada una le recordaba una circunstancia dichosa, que él podía, a su antojo, volver a vivir.

En ciertos momentos, la partícula divina parecía tomar en el corazón de Pablo proporciones desacostumbradas, y Pablo se llenaba de espanto. Recurría a su probada humildad, juzgándose el más ínfimo de los hombres, el más inepto portador de Dios, el ensayo más desacertado en la interminable búsqueda.

Lo único que podía desear en sus momentos de mayor ambición, era vivir el momento del hallazgo. Pero esto le pareció imposible y desmesurado. Veía el impulso poderoso y aparentemente ciego que hace el género humano para sostenerse, para multiplicar cada vez más el número de los ensayos, para ofrecer siempre una resistencia indestructible a los fenómenos que interrumpen el curso de la vida. Esa potencia, ese triunfo cada vez más duramente alcanzado, llevaba implícita la esperanza y la certidumbre de que un día existirá entre los hombres el ser primigenio y final. Ese día cesará el instinto de conservación y de multiplicación. Todos los hombres vivientes quedarán superfluos, e irán desapareciendo absortos en el ser que todo lo contendrá, que habrá de justificar la humanidad, los siglos, los milenios de ignorancia, de vicio, de búsqueda. El género humano, limpio de todos sus males, reposará para siempre en el seno de su creador. Ningún dolor habrá sido baldío, ninguna alegría vana: habrán sido los dolores y alegrías multiplicados de un solo ser infinito.

A esa idea feliz, que todo lo justifica, sucedía a veces en Pablo la idea opuesta, y lo absorbía y lo fatigaba. El hermoso sueño que tan lúcidamente soñaba, perdía claridad, amenazaba romperse o convertirse en pesadilla.

Dios podría quizás no recobrarse nunca y quedar para siempre disuelto y sepultado, preso en millones de cárceles, en seres desesperados que sentían cada uno su fracción de la nostalgia de Dios y que incansablemente se unían para recobrarlo, para recobrarse en él. Pero la esencia divina se iría desvirtuando poco a poco, como un precioso metal muchas veces fundido y refundido, que va perdiéndose en aleaciones cada vez más groseras. El espíritu de Dios ya no se expresaría sino en la voluntad enorme de sobrevivir, cerrando los ojos a millones de fracasos, a la diaria y negativa experiencia de la muerte. La partícula divina palpitaría violentamente en el corazón de cada hombre, golpeando la puerta de su cárcel. Todos responderían a este llamado con un deseo de reproducción cada vez más torpe y sin sentido, y la integración de Dios se volvería imposible, porque para aislar una sola partícula preciosa habría que reducir montañas de escoria, desecar pantanos de iniquidad.

En estas circunstancias, Pablo era presa de la desesperación. Y de la desesperación brotó la última certidumbre, la que en vano había tratado de aplazar.

Pablo comenzó a percibir su terrible cualidad de espectador y se dio cuenta de que al contemplar el mundo, lo devoraba. La contemplación nutría su espíritu, y su hambre de contemplar era cada vez mayor. Desconoció en los hombres a sus prójimos; su soledad comenzó a agrandarse hasta hacerse insoportable. Veía con envidia a los demás, a esos seres incomprensibles que nada saben y que ponen todo su espíritu, liberalmente, en mezquinas ocupaciones, gozando y sufriendo en torno a un Pablo solitario y gigantesco, que respiraba por encima de todas las cabezas un aire enrarecido y puro, que recorría los días requisando y detentando los bienes de los hombres.

La memoria de Pablo comenzó a retroceder velozmente. Vivió su vida día por día y minuto a minuto. Llegó a la infancia y a la puericia. Siguió adelante, más allá de su nacimiento, y conoció la vida de sus padres y la de sus antepasados, hasta la última raíz de su genealogía, donde volvió a encontrar su espíritu señoreado por la unidad.

Se sintió capaz de todo. Podría recordar el detalle más insignificante de la vida de cada hombre, encerrar el universo en una frase, ver con sus propios ojos las cosas más distantes en el tiempo y en el espacio, abarcar en su puño las nubes, los árboles y las piedras.

Su espíritu se replegó sobre sí mismo, lleno de temor. Una timidez inesperada y extraordinaria se adueñó de cada una de sus acciones. Eligió la impasibilidad exterior como respuesta al activo fuego que consumía sus entrañas. Nada debía cambiar el ritmo de la vida. Había de hecho dos Pablos, pero los hombres no conocían más que uno. El otro, el decisivo Pablo que podía hacer el balance de la humanidad y pronunciar un juicio adverso o favorable, permaneció ignorado, totalmente desconocido dentro de su fiel traje gris a cuadros, protegida la mirada de sus ojos abismales por unos anteojos de carey artificial.

En su repertorio infinito de recuerdos humanos, una anécdota insignificante, que tal vez había leído en la infancia, sobresalía y lastimaba levemente su espíritu. La anécdota aparecía desprovista de contorno y situaba sus frases escuetas en el cerebro de Pablo: en una aldea montañosa, un viejo pastor extranjero logró convencer a todos sus vecinos de que era la encarnación misma de Dios. Durante algún tiempo, gozó una situación privilegiada. Pero sobrevino una sequía. Las cosechas se perdieron, las ovejas morían. Los creyentes cayeron sobre el dios y lo sacrificaron sin piedad.

En una sola ocasión Pablo estuvo a punto de ser descubierto. Una sola vez debió de estar a su verdadera altura, ante los ojos de otro, y en ese caso Pablo no desmintió su condición y supo aceptar durante un instante el riesgo inmenso.

Era un día hermoso, en que Pablo saciaba su sed universal paseando por una de las avenidas más céntricas de la ciudad. Un individuo se detuvo de pronto, a la mitad de la acera, reconociéndolo. Pablo sintió que un rayo descendía sobre él. Quedó inmóvil y mudo de sorpresa. Su corazón latió con violencia, pero también con infinita ternura. Inició un paso y trató de abrir los brazos en un gesto de protección, dispuesto a ser identificado, delatado, crucificado.

La escena, que a Pablo le pareció eterna, había durado sólo breves segundos. El desconocido pareció dudar una última vez y luego, turbado, reconociendo su equivocación, murmuró a Pablo una excusa, y siguió adelante.

Pablo permaneció un buen rato sin caminar, presa de angustia, aliviado y herido a la vez. Comprendió que su rostro comenzaba a denunciarlo y redobló sus cuidados. Desde entonces prefería pasear solamente en el crepúsculo y visitar los parques que las primeras horas de la noche volvían apacibles y umbrosos.

Pablo tuvo que vigilar estrechamente cada uno de sus actos y puso todo empeño en suprimir el más insignificante deseo. Se propuso no entorpecer en lo más mínimo el curso de la vida, ni alterar el más insignificante de los fenómenos. Prácticamente, anuló su voluntad. Trató de no hacer nada para verificar por sí mismo su naturaleza; la idea de la omnipotencia pesaba sobre su espíritu, abrumándolo.

Pero todo era inútil. El universo penetraba en su corazón a raudales, restituyéndose a Pablo como un ancho río que devolviera todo el caudal de sus aguas a la fuente original. De nada servía que opusiera alguna resistencia; su corazón se despliega como una llanura, y sobre él llovía la esencia de las cosas.

En el exceso mismo de su abundancia, en el colmo de su riqueza, Pablo comenzó a sufrir por el empobrecimiento del mundo, que iba a vaciarse de sus seres, a perder su calor y a detener su movimiento. Una sensación desbordante de piedad y de lástima empezó a invadirlo hasta hacerse insufrible.

Pablo se dolía por todo: por la vida frustrada de los niños, cuya ausencia empezaba a notarse ya en los jardines y en las escuelas; por la vida inútil de los hombres y por la vana impaciencia de las embarazadas que ya no vivirían el nacimiento de sus hijos; por las jóvenes parejas que de pronto se deshacían, roto ya el diálogo superfluo, despidiéndose sin formular una cita para el día siguiente. Y temió por los pájaros, que olvidaban sus nidos y se iban a volar sin rumbo, perdidos, sosteniéndose apenas en un aire sin movimiento. Las hojas de los árboles comenzaban a amarillear y a caer. Pablo se estremeció al pensar que ya no habría otra primavera para ellos, porque él iba a alimentarse con la vida de todo lo que moría. Se sintió incapaz de sobrevivir al recuerdo del mundo muerto, y sus ojos se llenaron de lágrimas.

El corazón tierno de Pablo no precisaba un largo examen. Su tribunal no llegó a funcionar para nadie. Pablo decidió que el mundo viviera, y se comprometió a devolver todo lo que le había ido quitando. Trató de recordar si en el pasado no había algún otro Pablo que se hubiera precipitado, desde lo alto de su soledad, para vivir en el océano del mundo un nuevo ciclo de vida dispersa y fugitiva.

Una mañana nublada, en la que el mundo había perdido ya casi todos sus colores y en la que el corazón de Pablo destellaba como un cofre henchido de tesoros, decidió su sacrificio. Un viento de destrucción vagaba por el mundo, una especie de arcángel negro con alas de cierzo y de llovizna que parecía ir borrando el perfil de la realidad, preludiando la última escena. Pablo lo sintió capaz de todo, de disolver los árboles y las estatuas, de destruir las piedras arquitectónicas, de llevarse en sus alas sombrías el último calor de las cosas. Tembloroso, sin poder soportar un momento más el espectáculo de la desintegración universal, Pablo se encerró en su cuarto y se dispuso a morir. De modo cualquiera, como un ínfimo suicida, dio fin a sus días antes de que fuera demasiado tarde, y abrió de par en par las compuertas de su alma.

La humanidad continúa empeñosamente sus ensayos después de haber escondido bajo la tierra otra fórmula fallida. Desde ayer Pablo está otra vez con nosotros, en nosotros, buscándose.

Esta mañana, el sol brilla con raro esplendor.

EL GUARDAGUJAS

El forastero llegó sin aliento a la estación desierta. Su gran valija, que nadie quiso cargar, le había fatigado en extremo. Se enjugó el rostro con un pañuelo, y con la mano en visera miró los rieles que se perdían en el horizonte. Desalentado y pensativo consultó su reloj: la hora justa en que el tren debía partir.

Alguien, salido de quién sabe dónde, le dio una palmada muy suave. Al volverse, el forastero se halló ante un viejecillo de vago aspecto ferrocarrilero. Llevaba en la mano una linterna roja, pero tan pequeña, que parecía de juguete. Miró sonriendo al viajero, que le preguntó con ansiedad:

—Usted perdone, ¿ha salido ya el tren?

—¿Lleva usted poco tiempo en este país?

—Necesito salir inmediatamente. Debo hallarme en T. mañana mismo.

—Se ve que usted ignora las cosas por completo. Lo que debe hacer ahora mismo es buscar alojamiento en la fonda para viajeros —y señaló un extraño edificio ceniciento que más bien parecía un presidio.

—Pero yo no quiero alojarme, sino salir en el tren.

—Alquile usted un cuarto inmediatamente, si es que lo hay. En caso de que pueda conseguirlo, contrátelo por mes, le resultará más barato y recibirá mejor atención.

—¿Está usted loco? Yo debo llegar a T. mañana mismo.

—Francamente, debería abandonarlo a su suerte. Sin embargo, le daré unos informes.

—Por favor...

—Este país es famoso por sus ferrocarriles, como usted sabe. Hasta ahora no ha sido posible organizarlos debidamente, pero se han hecho ya grandes cosas en lo que se refiere a la publicación de itinerarios y a la expedición de boletos. Las guías ferroviarias abarcan y enlazan todas las poblaciones de la nación; se expenden boletos hasta para las aldeas más pequeñas y remotas. Falta solamente que los convoyes cumplan las indicaciones contenidas en las guías y que pasen efectivamente por las estaciones. Los habitantes del país así lo esperan; mientras tanto, aceptan las irregularidades del servicio y su patriotismo les impide cualquier manifestación de desagrado.

—Pero ¿hay un tren que pasa por esta ciudad?

—Afirmarlo equivaldría a cometer una inexactitud. Como usted puede darse cuenta, los rieles existen, aunque un tanto averiados. En algunas poblaciones están sencillamente indicados en el suelo, mediante dos rayas de gis. Dadas las condiciones actuales, ningún tren tiene la obligación de pasar por aquí, pero nada impide que eso pueda suceder. Yo he visto pasar muchos trenes en mi vida y conocí algunos viajeros que pudieron abordarlos. Si usted espera convenientemente, tal vez yo mismo tenga el honor de ayudarle a subir a un hermoso y confortable vagón.

—¿Me llevará ese tren a T.?

—¿Y por qué se empeña usted en que ha de ser precisamente a T.? Debería darse por satisfecho si pudiera abordarlo. Una vez en el tren, su vida tomará efectivamente algún rumbo. ¿Qué importa si ese rumbo no es el de T.?

—Es que yo tengo un boleto en regla para ir a T. Lógicamente, debo ser conducido a ese lugar, ¿no es así?

—Cualquiera diría que usted tiene razón. En la fonda para viajeros podrá usted hablar con personas que han tomado sus precauciones, adquiriendo grandes cantidades de boletos. Por regla general, las gentes previsoras compran pasajes para todos los puntos del país. Hay quien ha gastado en boletos una verdadera fortuna...

—Yo creí que para ir a T. me bastaba un boleto. Mírelo usted...

—El próximo tramo de los ferrocarriles nacionales va a ser construido con el dinero de una sola persona que acaba de gastar su inmenso capital en pasajes de ida y vuelta para un trayecto ferroviario cuyos planos, que incluyen extensos túneles y puentes, ni siquiera han sido aprobados por los ingenieros de la empresa.

—Pero el tren que pasa por T., ¿ya se encuentra en servicio?

—Y no sólo ése. En realidad, hay muchísimos trenes en la nación, y los viajeros pueden utilizarlos con relativa frecuencia, pero tomando en cuenta que no se trata de un servicio formal y definitivo. En otras palabras, al subir a un tren, nadie espera ser conducido al sitio que desea.

—¿Cómo es eso?

—En su afán de servir a los ciudadanos, la empresa debe

recurrir a ciertas medidas desesperadas. Hace circular trenes por lugares intransitables. Esos convoyes expedicionarios emplean a veces varios años en su trayecto, y la vida de los viajeros sufre algunas transformaciones importantes. Los fallecimientos no son raros en tales casos, pero la empresa, que todo lo ha previsto, añade a esos trenes un vagón capilla ardiente y un vagón cementerio. Es motivo de orgullo para los conductores depositar el cadáver de un viajero —lujosamente embalsamado— en los andenes de la estación que prescribe su boleto. En ocasiones, estos trenes forzados recorren trayectos en que falta uno de los rieles. Todo un lado de los vagones se estremece lamentablemente con los golpes que dan las ruedas sobre los durmientes. Los viajeros de primera —es otra de las previsiones de la empresa— se colocan del lado en que hay riel. Los de segunda padecen los golpes con resignación. Pero hay otros tramos en que faltan ambos rieles; allí los viajeros sufren por igual, hasta que el tren queda totalmente destruido.

—¡Santo Dios!

—Mire usted: la aldea de F. surgió a causa de uno de esos accidentes. El tren fue a dar en un terreno impracticable. Lijadas por la arena, las ruedas se gastaron hasta los ejes. Los viajeros pasaron tanto tiempo juntos, que de las obligadas conversaciones triviales surgieron amistades estrechas. Algunas de esas amistades se transformaron pronto en idilios, y el resultado ha sido F., una aldea progresista llena de niños traviesos que juegan con los vestigios enmohecidos del tren.

—¡Dios mío, yo no estoy hecho para tales aventuras!

—Necesita usted ir templando su ánimo; tal vez llegue usted a convertirse en héroe. No crea que faltan ocasiones para que los viajeros demuestren su valor y sus capacidades de sacrificio. Recientemente, doscientos pasajeros anónimos escribieron una de las páginas más gloriosas en nuestros anales ferroviarios. Sucede que en un viaje de prueba, el maquinista advirtió a tiempo una grave omisión de los constructores de la línea. En la ruta faltaba el puente que debía salvar un abismo. Pues bien, el maquinista, en vez de poner marcha hacia atrás, arengó a los pasajeros y obtuvo de ellos el esfuerzo necesario para seguir adelante. Bajo su enérgica dirección, el tren fue desarmado pieza por pieza y conducido en hombros al otro lado del abismo, que todavía reservaba la sorpresa de contener en su fondo un río caudaloso. El resultado de la hazaña fue tan satisfactorio que la empresa renunció definitivamente a la construcción del puente, conformándose con hacer un atractivo descuento en las tarifas de los pasajeros que se atreven a afrontar esa molestia suplementaria.

—¡Pero yo debo llegar a T. mañana mismo!

—¡Muy bien! Me gusta que no abandone usted su proyecto. Se ve que es usted un hombre de convicciones. Alójese por lo pronto en la fonda y tome el primer tren que pase. Trate de hacerlo cuando menos; mil personas estarán para impedírselo. Al llegar un convoy, los viajeros, irritados por una espera demasiado larga, salen de la fonda en tumulto para invadir ruidosamente la estación. Muchas veces provocan accidentes con su increíble falta de cortesía y de prudencia. En vez de subir ordenadamente se dedican a aplastarse unos a otros; por lo menos, se impiden para siempre el abordaje, y el tren se va dejándolos amotinados en los andenes de la estación. Los viajeros, agotados y furiosos, maldicen su falta de educación, y pasan mucho tiempo insultándose y dándose de golpes.

—¿Y la policía no interviene?

—Se ha intentado organizar un cuerpo de policía en cada estación, pero la imprevisible llegada de los trenes hacía tal servicio inútil y sumamente costoso. Además, los miembros de ese cuerpo demostraron muy pronto su venalidad, dedicándose a proteger la salida exclusiva de pasajeros adinerados que les daban a cambio de esa ayuda todo lo que llevaban encima. Se resolvió entonces el establecimiento de un tipo especial de escuelas, donde los futuros viajeros reciben lecciones de urbanidad y un entrenamiento adecuado. Allí se les enseña la manera correcta de abordar un convoy, aunque esté en movimiento y a gran velocidad. También se les proporciona una especie de armadura para evitar que los demás pasajeros les rompan las costillas.

—Pero una vez en el tren, ¿está uno a cubierto de nuevas contingencias?

—Relativamente. Sólo le recomiendo que se fije muy bien en las estaciones. Podría darse el caso de que usted creyera haber llegado a T., y sólo fuese una ilusión. Para regular la vida a bordo de los vagones demasiado repletos, la empresa se ve obligada a echar mano de ciertos expedientes. Hay estaciones que son pura apariencia: han sido construidas en plena selva y llevan el nombre de alguna ciudad importante. Pero basta poner un poco de atención para descubrir el engaño. Son como las decoraciones del teatro, y las personas que figuran en ellas están llenas de aserrín. Esos muñecos revelan fácilmente los estragos de la intemperie, pero son a veces una perfecta imagen de la realidad: llevan en el rostro las señales de un cansancio infinito.

—Por fortuna, T. no se halla muy lejos de aquí.

—Pero carecemos por el momento de trenes directos. Sin embargo, no debe excluirse la posibilidad de que usted llegue mañana mismo, tal como desea. La organización de los ferrocarriles, aunque deficiente, no excluye la posibilidad de un viaje sin escalas. Vea usted, hay personas que ni siquiera se han dado cuenta de lo que pasa. Compran un boleto para ir a T. Viene un tren, suben, y al día siguiente oyen que el conductor anuncia: "Hemos llegado a T." Sin tomar precaución alguna, los viajeros descienden y se hallan efectivamente en T.

—¿Podría yo hacer alguna cosa para facilitar ese resultado?

—Claro que puede usted. Lo que no se sabe es si le servirá de algo. Inténtelo de todas maneras. Suba usted al tren con la idea fija de que va a llegar a T. No trate a ninguno de los pasajeros. Podrán desilusionarlo con sus historias de viaje, y hasta denunciarlo a las autoridades.

—¿Qué está usted diciendo?

—En virtud del estado actual de las cosas los trenes viajan llenos de espías. Estos espías, voluntarios en su mayor parte, dedican su vida a fomentar el espíritu constructivo de la empresa. A veces uno no sabe lo que dice y habla sólo por hablar. Pero ellos se dan cuenta en seguida de todos los sentidos que puede tener una frase, por sencilla que sea. Del comentario más inocente saben sacar una opinión culpable. Si usted llegara a cometer la menor imprudencia, sería aprehendido sin más; pasaría el resto de su vida en un vagón cárcel o le obligarían a descender en una falsa estación, perdida en la selva. Viaje usted lleno de fe, consuma la menor cantidad posible de alimentos y no ponga los pies en el andén antes de que vea en T. alguna cara conocida.

—Pero yo no conozco en T. a ninguna persona.

—En ese caso redoble usted sus precauciones. Tendrá, se lo aseguro, muchas tentaciones en el camino. Si mira usted por las ventanillas, está expuesto a caer en la trampa de un espejismo. Las ventanillas están provistas de ingeniosos dispositivos que crean toda clase de ilusiones en el ánimo de los pasajeros. No hace falta ser débil para caer en ellas. Ciertos aparatos, operados desde la locomotora, hacen creer, por el ruido y los movimientos, que el tren está en marcha. Sin embargo, el tren permanece detenido semanas enteras, mientras los viajeros ven pasar cautivadores paisajes a través de los cristales.

—¿Y eso qué objeto tiene?

—Todo esto lo hace la empresa con el sano propósito de disminuir la ansiedad de los viajeros y de anular en todo lo posible las sensaciones de traslado. Se aspira a que un día se entreguen plenamente al azar, en manos de una empresa omnipotente, y que ya no les importe saber a dónde van ni de dónde vienen.

—Y usted, ¿ha viajado mucho en los trenes?

—Yo, señor, sólo soy guardagujas. A decir verdad, soy un guardagujas jubilado, y sólo aparezco aquí de vez en cuando para recordar los buenos tiempos. No he viajado nunca, ni tengo ganas de hacerlo. Pero los viajeros me cuentan historias. Sé que los trenes han creado muchas poblaciones además de la aldea de F. cuyo origen le he referido. Ocurre a veces que los tripulantes de un tren reciben órdenes misteriosas. Invitan a los pasajeros a que desciendan de los vagones, generalmente con el pretexto de que admiren las bellezas de un determinado lugar. Se les habla de grutas, de cataratas o de ruinas célebres: "Quince minutos para que admiren ustedes la gruta tal o cual", dice amablemente el conductor. Una vez quc los viajeros se hallan a cierta distancia, el tren escapa a todo vapor.

—¿Y los viajeros?

—Vagan desconcertados de un sitio a otro durante algún tiempo, pero acaban por congregarse y se establecen en colonia. Estas paradas intempestivas se hacen en lugares adecuados, muy lejos de toda civilización y con riquezas naturales suficientes. Allí se abandonan lotes selectos, de gente joven, y sobre todo con mujeres abundantes. ¿No le gustaría a usted pasar sus últimos días en un pintoresco lugar desconocido, en compañía de una muchachita?

El viejecillo sonriente hizo un guiño y se quedó mirando al

viajero, lleno de bondad y de picardía. En ese momento se oyó un silbido lejano. El guardagujas dio un brinco, y se puso a hacer señales ridículas y desordenadas con su linterna.

—¿Es el tren? —preguntó el forastero.

El anciano echó a correr por la vía, desaforadamente. Cuando estuvo a cierta distancia, se volvió para gritar:

—¡Tiene usted suerte! Mañana llegará a su famosa estación. ¿Cómo dice usted que se llama?

—¡X! —contestó el viajero.

En ese momento el viejecillo se disolvió en la clara mañana. Pero el punto rojo de la linterna siguió corriendo y saltando entre los rieles, imprudentemente, al encuentro del tren.

Al fondo del paisaje, la locomotora se acercaba como un ruidoso advenimiento.

LA VIDA PRIVADA

Para publicar este relato no se me ha puesto más condición que la de cambiar los dos nombres que en él aparecen, cosa muy explicable, ya que voy a hablar de un hecho que todavía no acaba de suceder y en cuyo desenlace tengo la esperanza de influir.

Como los lectores se darán cuenta en seguida, me refiero a esa historia de amor que circula entre nosotros a través de versiones cada día más impuras y desalmadas. Yo me he propuesto dignificarla contándola tal como es, y me consideraré satisfecho si logro apartar de ella toda idea de adulterio. Escribo sin temblar esta horrible palabra porque tengo la certeza de que muchas personas la borrarán conmigo al final, una vez que hayan considerado dos cosas que ahora todos parecen olvidar: la virtud de Teresa y la caballerosidad de Gilberto.

Mi relato es la última tentativa para resolver honestamente el conflicto que ha brotado en un hogar de este pueblo. El autor es por lo pronto la víctima. Resignado en tan difícil situación, pide al cielo que nadie lo sustituya en su papel, que lo dejen solo ante la incomprensión general.

Digo que soy la víctima sólo por seguir la opinión corriente. En el fondo, sé que los tres somos víctimas de un destino cruel, y no seré yo quien ponga en primer término su propio dolor. He visto sufrir de cerca a Gilberto y a Teresa; también he contemplado lo que podría llamarse su dicha, y la he encontrado dolorosa, porque es culpable y oculta, aunque yo esté dispuesto a poner mi mano en el fuego para probar su inocencia.

Todo se ha efectuado ante mis propios ojos y ante los de la sociedad entera, esa sociedad que ahora parece indignarse y ofenderse como si nada supiera. Naturalmente, no estoy en condiciones de decir dónde empieza y dónde acaba la vida privada de un hombre. Sin embargo, puedo afirmar que cada uno tiene el derecho de tomar las cosas por el lado que más le convenga y de resolver sus problemas de la manera que juzgue más apropiada. El hecho de que yo sea, cuando menos aquí, el primero que abre las ventanas de su casa y publica sus asuntos, no debe extrañar ni alarmar a nadie.

Desde el primer momento, cuando me di cuenta de que la amistad de Gilberto empezaba a causar murmuraciones por sus constantes visitas, me tracé una línea de conducta que he seguido fielmente. Me propuse no ocultar nada, dar aire y luz al asunto, para que no cayera sobre nosotros la sombra de ningún misterio. Como se trataba de un sentimiento puro entre personas honorables, me dediqué a exhibirlo lealmente, para que fuera examinado por los cuatro costados. Pero esa amistad que disfrutábamos por partes iguales mi mujer y yo, comenzó a especializarse y a tomar un cariz que haría muy mal en ocultar. Pude darme cuenta desde el principio, porque contrariamente a lo que piensa la gente, yo tengo ojos en la cara y los utilizo para ver lo que ocurre a mi alrededor.

Al principio la amistad y el afecto de Gilberto iban dirigidos a mí, en forma exclusiva. Después, desbordaron mi persona y hallaron objeto en el alma de Teresa; pude notar con alegría que tales sentimientos hacían eco en mi mujer. Hasta entonces Teresa se había mantenido un poco al margen de todo, y miraba con indiferencia el desarrollo y el final de nuestras habituales partidas de ajedrez.

Me doy cuenta de que más de alguna persona desearía saber cómo empezaron exactamente las cosas y quién fue el primero que, obedeciendo a una señal del destino, puso la intriga en movimiento.

La presencia de Gilberto en nuestro pueblo, grata por todos conceptos, se debió sencillamente al hecho de que poco después de terminar su carrera de abogado, en forma sumamente brillante, las autoridades superiores le extendieron nombramiento de Juez de Letras para uno de los juzgados locales. Aunque esto ocurrió a principios del año pasado, no fue debidamente apreciado hasta el 16 de septiembre, fecha en que Gilberto tuvo a su cargo el discurso oficial en honor de nuestros héroes.

Ese discurso ha sido la causa de todo. La idea de convidarlo a cenar surgió allí mismo, en la Plaza de Armas, en medio del entusiasmo popular que Gilberto desencadenó de modo tan admirable. Aquí, donde las fiestas patrias no eran ya sino un pretexto anual para divertirse y alborotar a nombre de la Independencia y de sus héroes. Esa noche los cohetes, la algarabía y las campanas parecían tener por primera vez un sentido y eran la apropiada y directa continuación de las palabras de Gilberto. Los colores de nuestra enseña nacional parecían teñirse de nuevo en la sangre, en la fe y en la esperanza de todos. Allí en la Plaza de Armas, fuimos esa noche efectivamente los miembros de la gran familia mexicana y nos sentíamos alegres y conmovidos como hermanos.

De vuelta a nuestra casa le hablé a Teresa por primera vez de Gilberto, que ya había conocido de chico los éxitos del orador, recitando poemas y pequeños discursos en las fiestas escolares. Cuando le dije que se me había ocurrido invitarlo a cenar, Teresa aprobó mi proyecto con una indiferencia tan grande que ahora me llena de emoción.

La noche inolvidable en que Gilberto cenó con nosotros no parece haber terminado todavía. Se propagó en conversaciones, se multiplicó en visitas, tuvo todos los accidentes felices que dan su altura a las grandes amistades, conoció el goce de los recuerdos y el íntimo placer de la confidencia. Insensiblemente nos condujo a este callejón sin salida en donde estamos.

Los que tuvieron en la escuela un amigo predilecto y saben por experiencia que esas amistades no suelen sobrevivir a la infancia y sólo perduran en un tuteo cada vez más difícil y más frío, comprenderán muy bien la satisfacción que yo sentía cuando Gilberto reconstruyó nuestra antigua camaradería por medio de un trato afectuoso y sincero. Yo, que siempre me había sentido un poco humillado ante él, porque dejé de estudiar y tuve que quedarme aquí en el pueblo, estancado detrás del mostrador de una tienda de ropa, me sentía finalmente justificado y redimido.

El hecho de que Gilberto pasaba con nosotros las mejores de sus horas libres, a pesar de que tenía a su alcance todas las distracciones sociales, no dejaba de halagarme. Por cierto que me inquieté un poco cuando Gilberto, a fin de sentirse más libre y a gusto, puso fin a un noviazgo que parecía bastante formal y al que todo el mundo auguraba el consabido desenlace. Sé que no faltaron personas aviesas que juzgaron equívocamente el proceder de Gilberto al verlo preferir la amistad al amor. A la altura actual de las circunstancias, me siento un poco incapaz de negar el valor profético que tuvieron tales habladurías.

Por fortuna, se produjo entonces un incidente que yo juzgué del todo favorable, ya que me dio la oportunidad de sacar de mi casa el germen del drama, aunque en fin de cuentas, de modo provisional.

Tres señoras respetables se presentaron en mi casa una noche en que Gilberto no estaba por allí. Es claro que él y Teresa se hallaban en el secreto. Se trataba sencillamente de suplicar mi autorización para que Teresa desempeñara un papel en una comedia de aficionados.

Antes de casarnos, Teresa tomaba parte con frecuencia en tales representaciones y llegó a ser uno de los mejores elementos del grupo que ahora reclamaba sus servicios. Ella y yo convinimos en que esa diversión había acabado por completo. Más de una vez, indirectamente, Teresa recibió invitaciones para actuar en un papel serio, que se llevara bien con su nueva situación de ama de casa. Pero siempre nos rehusamos.

Nunca dejé de darme cuenta de que para Teresa el teatro constituía una seria afición, fomentada por sus gracias naturales. Siempre que asistíamos al teatro, ella se atribuía un papel y gozaba como si de veras lo estuviera representando. Alguna vez le dije que no había razón de que se privara de ese placer, pero siempre se mantuvo en su propósito.

Ahora, y desde que tuve los primeros indicios, tomé una resolución distinta, pero me hice del rogar, a fin de justificarme. Dejé a las buenas señoras la tarea de convencerme de cada una de las circunstancias que contribuían a hacer indispensable la actuación de mi mujer. Quedó para lo último el hecho decisivo: Gilberto había aceptado ya desempeñar el papel de galán. Realmente no había razones para rehusar. Si el inconveniente más grave era que Teresa debía representar un papel de dama joven, la cosa perdía toda importancia si su pareja era un amigo de la casa. Concedí por fin el anhelado permiso. Las señoras me expresaron su reconocimiento personal, añadiendo que la sociedad sabría estimar debidamente el valor de mi actitud.

Poco después recibí el agradecimiento un poco avergonzado de la propia Teresa. También ella tenía un motivo personal: la comedia que se iba a representar era nada menos que *La vuelta del Cruzado,* que en tiempos de soltera había ensayado tres veces, sin que se llegara a ponerla en escena. En realidad, tenía el papel de Griselda en el corazón.

Yo me sentí tranquilo y contento ante la idea de que nuestras ya peligrosas veladas iban por lo pronto a suspenderse y a ser sustituidas por los ensayos. Allí estaríamos rodeados de un buen número de personas y la situación perdería las características que empezaban a hacerla sospechosa.

Como los ensayos se realizaban por la noche, me resultaba muy fácil ausentarme de la tienda un poco antes de la hora acostumbrada, para reunirme con Teresa en casa de la honorable familia que daba hospitalidad al grupo de aficionados.

Mis esperanzas de alivio se vieron muy pronto frustradas. Como tengo voz clara y leo con facilidad, el director del grupo me pidió una noche, con un temor de ofenderme que todavía me conmueve, que hiciera de apuntador. La proposición fue hecha un poco en serio y un poco en broma, para que pudiera contestarla sin hacer un desaire. Como es de suponerse, acepté entusiasmado y los ensayos transcurrieron felizmente. Entonces empecé a ver con claridad lo que sólo me había parecido una vaga aprensión.

Yo nunca había visto dialogar a Gilberto y a Teresa. Es cierto que podían sostener apenas alguna conversación, pero no había duda de que entre ellos se desarrollaba un diálogo esencial, que sostenían en voz alta, delante de todos, y sin dar lugar a ninguna objeción. Los versos de la comedia, que sustituyeron al lenguaje habitual, parecían hechos de acuerdo con ese íntimo coloquio. Era verdaderamente imposible saber de dónde salía un continuo doble sentido, ya que el autor del drama no tenía por qué haber previsto semejante situación. Llegué a sentirme bastante molesto. Si no hubiera tenido en mis manos el ejemplar de *La vuelta del Cruzado* impreso en Madrid en 1895, habría creído que todo aquello estaba escrito exclusivamente para perdernos. Y como tengo buena memoria, pronto me aprendí los cinco actos de la comedia. Por la noche, antes de dormir, y ya en la cama, me atormentaba con las escenas más sentimentales.

El éxito de *La vuelta del Cruzado* fue tan grande, que todos los espectadores convinieron en afirmar que no se había visto cosa semejante. ¡Noche de arte inolvidable! Teresa y Gilberto se consagraron como dos verdaderos artistas, conmoviendo hasta las lágrimas a un público que vivió a través de ellos las más altas emociones de un amor noble y lleno de sacrificio.

Por lo que a mí toca, pude sentirme bastante tranquilo al

juzgar que esa noche la situación quedó en cierto modo al descubierto y dejaba de pesar solamente sobre mí. Me creí apoyado por el público; como si el amor de Teresa y Gilberto quedara absuelto y redimido, y yo no tuviera más remedio que adherirme a esa opinión. Todos estábamos realmente doblegados ante ese verdadero amor, que saltaba por encima de todos los prejuicios sociales, libre y consagrado por su propia grandeza. Un detalle, que todos recuerdan, contribuyó a mantenerme en esa ilusión.

Al terminar la obra, y ante una ovación realmente grandiosa que mantuvo el telón en alto durante varios minutos, los actores resolvieron sacar a todo el mundo al escenario. El director, los organizadores, el jefe de la orquesta y el que pintó los decorados recibieron justo homenaje. Por último, me hicieron subir a mí desde la concha. El público pareció entusiasmado con la ocurrencia y los aplausos arreciaron a más y mejor. Se tocó una diana y todo acabó entre el regocijo y la alegría de actores y concurrentes. Yo interpreté el excedente de aplausos como una sanción final: la sociedad se había hecho cargo de todo y estaba dispuesta a compartir conmigo, hasta el fin, las consecuencias del drama. Poco tiempo después debía comprobar el tamaño de mi error y la incomprensión maligna de esa complaciente sociedad.

Como no había razón para que las visitas de Gilberto a nuestra casa se suspendieran, continuaron, de pronto, como antes. Después se hicieron cotidianas. No tardaron en ejercitarse contra nosotros la calumnia, la insidia y la maledicencia. Hemos sido atacados con las armas más bajas. Aquí todos se han sentido sin mancha: quién el primero, quién el último, se dedican a apedrear a Teresa con sus habladurías. A propósito, el otro día cayó sobre nosotros una verdadera piedra. ¿Será posible?

Nos hallábamos en la sala y con la ventana abierta, según es mi costumbre. Gilberto y yo, empeñados en una de nuestras más intrincadas partidas de ajedrez, mientras Teresa trabajaba junto a nosotros en unas labores de gancho. De pronto, en el momento en que yo iniciaba una jugada, y aparentemente desde muy cerca, fue lanzada una piedra del tamaño de un puño, que cayó sobre la mesa con estrépito en medio del tablero, derribando todas las piezas. Nos quedamos como si hubiera caído un aerolito. Teresa casi se desmayó y Gilberto palideció intensamente. Yo fui el más sereno ante el inexplicable atentado. Para tranquilizarlos, dije que aquello debía ser cosa de un chiquillo irresponsable. Sin embargo, ya no pudimos estar tranquilos y Gilberto se despidió poco después. Personalmente, yo no lamenté mucho el incidente por lo que tocaba al juego, ya que mi rey se hallaba en una situación bastante precaria, después de una serie de jaques que presagiaban un mate inexorable.

Por lo que se refiere a mi situación familiar, debo decir que se operó en ella un cambio extraordinario desde *La vuelta del Cruzado*. Francamente, a partir de la representación Teresa dejó de ser mi mujer, para convertirse en ese ser extraño y maravilloso que habita en mi casa y que se halla tan lejos como las propias estrellas. Apenas entonces me di cuenta de que ella se estaba transformando desde antes, pero tan lentamente que yo no había podido advertirlo.

Mi amor por Teresa, es decir, Teresa como enamorada mía,

dejaba muchísimo que desear. Confieso sin envidia el engrandecimiento de Teresa y la eclosión final de su alma como un fenómeno en el cual no me fue dado intervenir. Ante mi amor, Teresa resplandecía. Pero era un resplandor humano y tolerable. Ahora Teresa me deslumbra. Cierro los ojos cuando se me acerca y sólo la admiro desde lejos. Tengo la impresión de que desde la noche en que representó *La vuelta del Cruzado,* Teresa no ha descendido de la escena, y pienso que tal vez ya nunca volverá a la realidad. A nuestra pequeña, sencilla y dulce realidad de antes. Esa que ella ha olvidado por completo.

Si es cierto que cada enamorado labra y decora el alma de su amante, debo confesar que para el amor soy un artista mediocremente dotado. Como un escultor inepto, presentí la hermosura de Teresa, pero sólo Gilberto ha podido sacarla entera de su bloque. Reconozco ahora que para el amor se nace, como para otro arte cualquiera. Todos aspiramos a él, pero a muy pocos les está concedido. Por eso el amor, cuando llega a su perfección, se convierte en un espectáculo.

Mi amor, como el de casi todos, nunca llegó a trascender las paredes de nuestra casa. Mi noviazgo a nadie llamó la atención. Por el contrario, Teresa y Gilberto son espiados, seguidos paso a paso y minuto a minuto, como cuando representaban en el teatro y el público, palpitante, esperaba con angustia el desenlace.

Recuerdo lo que cuentan de don Isidoro, el que pintó los cuatro evangelistas de la parroquia, que están en las pechinas de la cúpula. Don Isidoro nunca se tomaba el trabajo de pintar sus cuadros desde el principio. Todo lo ponía en manos de un oficial, y cuando la obra estaba ya casi terminada, cogía los pinceles y con unos cuantos trazos la transformaba en una obra de arte. Luego ponía su firma. Los evangelistas fueron la última obra de su vida, y dicen que don Isidoro no alcanzó a darle sus toques magistrales a San Lucas. Allí está efectivamente el santo con su belleza malograda y con la expresión un tanto incierta y pueril. No puedo menos de pensar que a no haber sobrevenido Gilberto, lo mismo hubiera ocurrido con Teresa. Ella habría quedado para siempre mía, pero sin ese resplandor final que le ha dado Gilberto con su espíritu.

Está de más decir que nuestra vida conyugal se ha interrumpido por completo. No me atrevo a pensar en el cuerpo de Teresa. Sería una profanación, un sacrilegio. Antes, nuestra intimidad era total y no estaba sujeta a ningún sistema. Yo disfrutaba de ella sencillamente, como se disfruta del agua y del sol. Ahora ese pasado me parece incomprensible y fabuloso. Creo mentir si digo que yo tuve en otro tiempo en mis brazos a Teresa, esa Teresa incandescente que ahora transita por la casa con unos pasos divinos, realizando unos quehaceres domésticos que no logran humanizarla. Sirviendo la mesa, remendando la ropa o con la escoba en la mano, Teresa es un ser superior al que no se puede acceder por parte alguna. Sería totalmente erróneo esperar que un diálogo cualquiera nos llevara de pronto hacia una de aquellas dulces escenas del pasado. Y si pienso que yo podría convertirme en troglodita y asaltar ahora mismo a Teresa en la cocina, me quedo paralizado de horror.

Por el contrario, a Gilberto lo veo casi como a un igual, aunque él sea quien ha producido el milagro. Mi antiguo sentimiento de inferioridad ha desaparecido por completo. Me he dado cuenta de que en mi vida hay siquiera un acto en que he estado a su propia altura. Ese acto ha sido la elección y el amor de Teresa. La elegí simplemente, como la habría elegido el mismo Gilberto; de hecho, tengo la impresión de que me le he adelantado, robándole la mujer. Porque él habría tenido que amar a Teresa de todas maneras, en el primer momento en que la hallara. En ella se ha corroborado nuestra afinidad más profunda, y es en esa afinidad donde yo he marcado una precedencia. Aunque no dejo de considerar también lo contrario, y acepto que Teresa sólo me amó a causa del Gilberto que soñaba, siguiéndole las huellas y buscándolo en vano dentro de mí.

Desde que dejamos de vernos, al terminar la escuela primaria, yo sufrí siempre ante la idea de que todos los actos de mi vida se realizaban muy por debajo de los actos de Gilberto. Cada vez que venía al pueblo de vacaciones, yo lo evitaba con sumo cuidado, rehusándome a confrontar mi vida con la suya.

Pero más en el fondo, si busco la última sinceridad, no puedo quejarme de mi destino. No cambiaría el lote de humanidad que he conocido por la clientela de un médico o de un abogado. La hilera de clientes a lo largo del mostrador ha sido para mí un campo inagotable de experiencias y a él he consagrado gustosamente mi vida. Siempre me interesó la conducta de las gentes en trance de comprar, de elegir, de aspirar y de renunciar a algo. Hacer llevadera la renuncia a los artículos costosos y grata la adquisición de lo barato, ha sido una de mis tareas predilectas. Además, con una buena parte de mi clientela cultivo relaciones especiales que están muy lejos de aquellas que rigen de ordinario entre un comerciante y sus compradores. El intercambio espiritual entre estas personas y yo es casi de rigor. Me siento verdaderamente complacido cuando alguien va a mi tienda a buscar un artículo cualquiera y vuelve a su casa llevando también un corazón refrescado por algunos minutos de confidencia, o fortalecido con un sano consejo.

Confieso esto sin la menor sombra de orgullo, ya que al fin y al cabo soy yo el que está proporcionando ahora el tema para todas las conversaciones. Lealmente, he tomado mi vida privada y la he puesto sobre el mostrador, como cuando cojo una pieza de tela y la extiendo para el detenido examen de los clientes.

No han faltado algunas buenas personas que se exceden en su voluntad de ayudarme y que se dedican a espiar lo que ocurre en mi casa. Como no he podido renunciar voluntariamente a sus servicios, he sabido que Gilberto hace algunas visitas en mi ausencia. Esto me ha parecido incomprensible. Es cierto que el otro día Teresa me dijo que Gilberto había ido a casa por la mañana, a recoger su cigarrera, olvidada la noche anterior. Pero ahora, según mis informantes, Gilberto se presenta por allí todos los días, a eso de las doce de la mañana. Ayer, nada menos, vino alguien a decirme que fuera a mi casa en ese instante, si quería enterarme de todo. Me negué resueltamente. ¿Yo en mi casa a las doce? Ya me imagino el susto que se llevaría Teresa al verme entrar a una hora desacostumbrada.

Declaro que toda mi conducta reposa en la confianza absoluta. Debo decir también que los celos comunes y corrientes no han logrado visitar mi espíritu ni aun en los momentos más difíciles, cuando Gilberto y Teresa han cometido de pronto una mirada, un ademán, un silencio que los ha traicionado. Yo los he visto quedarse silenciosos y confundidos, como si las almas se les hubiesen caído de pronto al suelo, unidas, ruborizadas y desnudas.

No sé lo que ellos piensan ni lo que dicen o hacen cuando yo no estoy. Pero me los imagino muy bien, callados, sufrientes, lejos el uno del otro, temblando, mientras yo también me pongo a temblar desde la tienda, con ellos y por ellos.

Y así estamos, en espera de no se sabe qué acontecimiento que venga a poner fin a esta desdichada situación. Por lo pronto, yo me he dedicado a dificultar, a descartar, a suprimir todos los desenlaces habituales y consagrados por la costumbre. Tal vez sea en vano esperarlo, pero yo solicito un desenlace especial para nosotros, a la medida de nuestras almas.

En último caso, declaro que siempre he sentido una gran repugnancia ante la idea de la magnanimidad. No es que me desagrade como virtud, ya que la admiro mucho en los demás. Pero no puedo consentir la posibilidad de ejercerla yo mismo, y sobre todo contra una persona de mi propia familia. El temor de pasar por hombre magnánimo me aleja de cualquier idea de sacrificio, decidiéndome a conservar hasta el fin mi bochornosa posición de estorbo y de testigo. Sé que la situación es ya bastante intolerable; sin embargo, trataré de permanecer en ella hasta que las circunstancias me expulsen con su propia violencia.

Sé que hay esposas que lloran y se arrodillan, que imploran el perdón con la frente puesta en el suelo. Si esto llegara a ocurrirme con Teresa, todo lo abandono y me doy por vencido. Seré por fin, y después de mi lucha titánica, un marido engañado. ¡Dios mío, fortalece mi espíritu en la certidumbre de que Teresa no se rebajará a tal escena!

En *La vuelta del Cruzado* todo acaba bien, porque en el último acto Griselda alcanza una muerte poética, y los dos rivales, fraternizados por el dolor, deponen las violentas espadas y prometen acabar sus vidas en heroicas batallas. Pero aquí en la vida, todo es diferente.

Todo se ha acabado tal vez entre nosotros, sí, Teresa, pero el telón no acaba de caer y es preciso llevar las cosas adelante a cualquier precio. Sé que la vida te ha puesto en una penosa circunstancia. Te sientes tal vez como una actriz abandonada al público en un escenario sin puertas. Ya no hay versos que decir y no puedes escuchar a ningún apuntador. Sin embargo, la sociedad espera, se impacienta y se dedica a inventar historias que van en contra de tu virtud. He aquí, Teresa, una buena ocasión para que te pongas a improvisar.

EL FRAUDE

A partir de la muerte del señor Braun, las estufas Prometeo comenzaron a fallar inexplicablemente. Un olor de petróleo llenaba las cocinas, y las estufas apagadas, humeantes, se negaban a funcionar. Se registraron algunos accidentes: depósitos que ardían, tuberías explosivas. Los técnicos de la casa Braun, alarmados, se pusieron a buscar las causas del fenómeno, idearon nuevos perfeccionamientos, pero llegaron con ellos demasiado tarde. En medio del desconcierto general, una firma enemiga controló el mercado de las estufas, precipitó la quiebra y sepultó el prestigio Prometeo en una barahúnda de publicidad sanguinaria.

La opinión de las personas interesadas en este asunto me señala como al principal de los culpables. Acreedores furiosos denunciaron mis actividades al frente de la casa, hablaron de fraude y pusieron mi honradez en entredicho. Y todo esto gracias a que fui el último en saltar del barco que se hundía y porque di las órdenes finales a una tripulación en desbandada.

Ayer me encontré por última vez ante el cortejo de contadores y notarios que liquidaron los negocios de la quiebra. Tuve que soportar una investigación minuciosa acerca de todos mis asuntos personales, y naturalmente salieron a cuento mis "pequeñas" economías. Escribo esta palabra entre comillas para dar a entender el acento con que fue pronunciada por uno de los escribas. Poco ha faltado para que yo le pusiera las manos encima; me contuve y le tapé la boca con cifras.

Hablé de sobresueldos, de gratificaciones y del uno por ciento adicional que yo disfrutaba sobre el volumen de ventas de la casa Braun. El hombre quedó más convencido por la violencia que por la fuerza de mis razones. No me importa.

Hablando con toda justicia, el fracaso de la casa Braun es un lamentable conjunto de fracasos entre los cuales se encuentra el mío y en primera línea. La última fase de esta lucha comercial fue un duelo entre publicistas, y yo lo he perdido. Sé muy bien que el adversario empleaba armas ilícitas, y es fácil demostrar que el cincuenta por ciento del desastre se debió a una profunda labor de sabotaje, dirigida por nuestros competidores y ejecutada por un grupo de empleados infidentes a quienes yo puedo nombrar. Pero no tengo ninguna urgencia por recobrar la situación perdida. El profundo viraje de mi espíritu hace innecesarias todas las aclaraciones. ¿Por qué no decirlo? Me siento un poco de espaldas al mundo.

Era indispensable defender mi honradez y lo he conseguido. Con eso basta. Pero lo grave es que las famosas economías se me han hecho insoportables. Cualquier persona razonable puede afirmar que me pertenecen legalmente; sin embargo, yo no veo esto muy claro con mis nuevos ojos. El señor Braun ganaba su dinero construyendo y vendiendo las estufas; yo gané el mío convenciendo al público de que debía comprarlas. Proclamé su calidad a los cuatro vientos y conseguí elevar la marca Prometeo a unas alturas que asombraban al mismo señor Braun. Pues bien, ese prestigio se halla ahora por el suelo; numerosas personas han sufrido pérdidas considerables, todo el mundo se queja mientras yo conservo intacto mi botín. El dinero, guardado en la caja de un banco, está pesando sobre mi conciencia.

Los pensamientos de culpa, en asalto cada vez más intenso, han derrumbado las últimas defensas del egoísmo. Desde luego, era muy fácil desprenderme del dinero arrojándolo a aquel puñado de imbéciles que dudaban de mis manejos, pero creo sinceramente que no debo malgastarlo dando lecciones a los tontos. He encontrado algo mejor. Me parece conveniente hacer algunas aclaraciones.

En otros tiempos yo hubiera sido un juglar, un mendigo, un narrador de cuentos y milagros. Descubro mi vocación demasiado tarde, alcanzada la madurez y a la mitad de un siglo en donde no caben ya esta clase de figuras. De todas maneras, he querido contar mi fábula a dos o tres pobres de espíritu, ofrecer mi colección de miserias a unos cuantos ingenuos rezagados.

Sé que ha habido muchos hombres que se transforman de pronto, para bien o para mal. Habían vivido disfrazados durante una gran parte de su vida, y un día cualquiera, ante el asombro de las gentes, se mostraron santos o demonios, en su forma verdadera. Naturalmente, yo no puedo aspirar a una metamorfosis de este género; sin embargo, reconozco que en mi actitud está obrando una pequeña dosis de sobrenatural. Después de todo, el impulso absurdo que me mueve a desprenderme de un puñado de dinero podría convertirse en la energía superior que tal vez originara otras acciones más altas. Bastaría con que yo acelerara el ritmo de ciertos pensamientos y los dejara llegar a sus consecuencias finales. Pero...

También yo estoy como una estufa que funciona mal; desde

la muerte del señor Braun, tengo escrúpulos y remordimientos. A partir de esta fecha se ha iniciado dentro de mí un trabajo oscuro y complicado. Una savia recóndita se ha puesto en movimiento, allí en las más profundas raíces, atormentándose con el sentimiento de una renovación imposible. Débiles brotes tratan de abrirse paso a través de una corteza endurecida.

Vivo a merced de los recuerdos. Más bien, los recuerdos se me imponen como sueños, dejándome confuso y apesarado. Tengo la impresión de que una droga, absorbida quién sabe cuándo, ha dejado de obrar. La conciencia, liberada de la anestesia, se entrega a imaginaciones infantiles. Me cuesta trabajo cerrar la puerta a estas cosas: a una noche de navidad poblada de sonidos y resplandores; a un juguete preferido; a un claro día de sol en que iba corriendo por el campo...

Todo esto se originó aquel día memorable en que al abrir la puerta de su despacho, encontré al señor Braun de bruces sobre su escritorio, sin dar señales de vida.

Después vinieron días desordenados y veloces. La ruina de la casa, el escándalo de la quiebra, cayeron sobre mí como una lluvia de escombros. Los errores y las quejas, el descontento y las reclamaciones, fueron haciendo blanco en mi espíritu. Inconscientemente me coloqué en primera fila, puse una cara de responsable y contribuí al fracaso invirtiendo fuertes sumas de dinero en una campaña de publicidad tan inútil como dispendiosa.

El señor Braun no se murió así de golpe. Reclamamos para él todos los auxilios de la ciencia y obtuvo dos horas de agonía. Nunca olvidaré esas dos horas interminables, que pertenecían a la eternidad, ni la imagen del señor Braun ahogándose en la muerte, rodeado de taquígrafas, de médicos, de empleados consternados y asistido por aquel sacerdote, que apareció misteriosamente, y que en medio de la confusión pudo arreglárselas para poner en orden los asuntos del moribundo aterrorizado, que murmuraba frases incoherentes, relacionadas más bien con el futuro desastre de las estufas Prometeo que con los negocios de su alma.

Una segunda inyección ya no produjo sino un periodo de convulsiones cada vez más débiles. Los médicos abandonaron la tarea comprendiendo que la muerte señoreaba la oficina del señor Braun. Yo me encontré trastornado en tal forma, que recibí algún auxilio médico en prevención de una posible crisis. Cosa curiosa, en el momento más agudo de mi conmoción, ante el cadáver de mi jefe, no encontré en mi repertorio de publicista sino una reacción infantil: recordé el final de una oración semiolvidada y me llevé las manos al rostro en un gesto de vaga persignación.

Como todos los magos, el señor Braun se llevó a la tumba el secreto de sus fórmulas. Presencié el desarrollo de sus negocios y le asistí como el empleado más cercano y principal, pero aguardé siempre en vano a que me iniciara en el secreto de sus combinaciones. Esto me habría capacitado tal vez para conducir con acierto los asuntos de la casa, pero nunca pasé del rango de acólito. Esta palabra me parece buena porque el señor Braun ejercía una especie de sacerdocio dentro de la religión materialista que proclama la felicidad del hombre sobre la tierra. Su aportación personal a las comodidades humanas consistía en la estufa Prometeo, cuyos modelos se renovaban cada año, siguiendo el ritmo del progreso. Predicaba un paraíso hogareño, modesto y económico, en el que la estufa tenía un rango de altar, en una cocina limpia y grata como un templo.

Yo fui el magnavoz de sus sermones, el amanuense aplicado que registraba sus aciertos cotidianos, el autor de las cartas circulares que llevaban la buena nueva a las amas de casa, a las cocineras sudorosas y ennegrecidas al pie de las hornillas milenarias.

A pesar de su posición elevada, el señor Braun se complacía en volver a los primeros tiempos. Abandonaba de vez en cuando la oficina suntuosa para ir a vender personalmente una estufa, tal un dignatario que desciende de su cátedra para socorrer a un humilde.

Sus ademanes eran entonces graves y solemnes. Cargaba lentamente el sifón de petróleo, abría los reguladores mientras hablaba emocionado acerca del moderno sistema de gasificación, a prueba de malos olores y accidentes. Y al acercar un fósforo encendido a la rodela del quemador, su rostro tenía una expresión ansiosa, ligeramente coloreada de espanto, como si la idea de un fracaso turbara un momento su espíritu. Cuando crecían las llamitas azules, el señor Braun desplegaba una sonrisa de beatitud que envolvía y disipaba todas las dudas de su cliente.

Recordando estas escenas, y a pesar de la ruina y el descrédito, yo sigo creyendo que las estufas Prometeo son buenas, y en gracia de esta convicción estoy dispuesto a sacrificar cuanto poseo. Si las estufas no sirven, yo no tengo nada que hacer; abandono tranquilamente la causa y dejo las utilidades en otras manos más limpias. Mi procedimiento es sencillo y su eficacia está fuera de duda: "Se compran estufas descompuestas, marca Prometeo" y en seguida mi nombre y mis señas. Publicaré mañana este anuncio en un diario popular.

Juego a cara o cruz. Apuesto contra la opinión de las gentes. Que vengan ahora los notarios y las víctimas a decir que soy un farsante.

Pienso con alegría que mi gesto constituye el mejor homenaje que puede hacerse a la memoria del señor Braun.

He dejado pasar un buen espacio de tiempo sin resolverme a agregar estas líneas. No sé cómo hacerlo; me siento un tanto cohibido frente a los acontecimientos que han transformado mi vida. Al relatar un hecho claro y natural tengo la impresión de que voy a hacer, por primera vez, una trampa.

El anuncio, publicado en un diario popular, produjo un resultado pasmoso. A los dos días tuve que suspender provisionalmente la compra de estufas porque ya no tenía dónde ponerlas. En mi casa, las había hasta debajo de la cama. Mis economías se hallaban seriamente afectadas.

Cuando estaba decidido a no comprar una estufa más, llegó la señora vestida de negro, con el pequeño Arturo de la mano. Un carrito la seguía, conduciendo una estufa grande como un piano. Era una de aquellas Prometeo Familiar, orgullo de la casa Braun, dotada con ocho quemadores, horno para repostería, calentador automático para el agua y no sé cuántos aditamentos más. Desalentado, me llevé las manos a la cintura, y en esa actitud desapacible me sorprendió un trance decisivo.

La señora y yo no teníamos que cruzar sino las palabras indispensables acerca de la estufa. En todo caso, disponíamos de mil lugares comunes para sostener una conversación cualquiera. Pero nos extraviamos misteriosamente. Por el ancho camino de las palabras triviales y ordinarias, siguiendo un método sencillo de preguntas y respuestas, fuimos a dar a un desfiladero. Desembocamos de pronto en una de esas comedias que la vida improvisa en cualquier parte y que son obras maestras del azar, con un mínimo de texto.

Nuestra situación se hizo insoportable a fuerza de natural: éramos tres personajes convergentes y un destino imperioso se apoderó de nosotros, dispuesto a manejarnos hasta un final ineludible. Yo me sentía conducido, aconsejado, mientras labraba y remachaba eslabones; frases inocentes que nos ligaban como cadenas.

En realidad, lo que yo estaba diciendo me lo sabía de memoria. Representaba mi propio personaje y no lo había hecho antes porque nadie me daba las réplicas exactas, aquellas que iban a disparar el mecanismo de mi alma.

Por fortuna, comprendimos muy pronto que nuestras dos partes formaban un diálogo perfecto y no era necesario repasarlo hasta el final. Ya tendríamos tiempo para eso. Lo que un poco antes habría parecido raro, difícil, imposible, quedó convertido en el más sencillo y natural de los posibles.

Llevo la vida de otros sobre las espaldas. El fantasma del señor Braun ha dejado de perseguirme. Rostros claros ocupan ahora el lugar de antiguos nubarrones.

Bajo la carga, me siento caminar con pies ligeros, no obstante mis cuarenta años cumplidos.

EL LAY DE ARISTÓTELES

Sobre la hierba del prado danza la musa de Aristóteles. El viejo filósofo vuelve de vez en cuando la cabeza y contempla un momento el cuerpo juvenil y nacarado. Sus manos dejan caer hasta el suelo el crujiente rollo del papiro, mientras la sangre corre veloz y encendida a través de su cuerpo ruinoso. La musa sigue danzando en la pradera y desarrolla ante sus ojos un complicado argumento de líneas y de ritmos.

Aristóteles piensa en el cuerpo de una muchacha, esclava en el mercado de Estagira, que él no pudo comprar. Recuerda también que desde entonces ninguna otra mujer ha turbado su mente. Pero ahora, cuando ya su espalda se dobla al peso de la edad y sus ojos comienzan a llenarse de sombra, la musa Armonía viene a quitarle el sosiego. En vano opone a su belleza frías meditaciones; ella vuelve siempre y recomienza la danza ingrávida y ardiente.

De nada sirve que Aristóteles cierre la ventana y alumbre su escritura con una tenue lámpara de aceite: Armonía sigue danzando en su cerebro y desordena el curso sereno del pensamiento, que se jaspea de sombra y luz como una agua revuelta.

Las palabras que escribe pierden la gravedad tranquila de la prosa dialéctica y se rompen en yambos sonoros. Vuelven a su memoria, en alas de un viento recóndito, los giros de su dialecto juvenil, vigorosos y cargados de aromas campesinos.

Aristóteles abandona el trabajo y sale al jardín, abierto como una gran flor que el día primaveral abastece de esplendores. Respira profundamente el perfume de las rosas y baña su viejo rostro en la frescura del agua matinal.

La musa Armonía danza frente a él, haciendo y deshaciendo su friso inacabable, su laberinto de formas fugitivas donde la razón humana se extravía. De pronto, con agilidad imprevista, Aristóteles se echa en pos de la mujer, que huye, casi alada, y se pierde en el boscaje.

Vuelve el filósofo a la celda, extenuado y vergonzoso. Apoya la cabeza en sus manos y llora en silencio la pérdida del don de juventud. Cuando mira de nuevo a la ventana, la musa reanuda su danza interrumpida. Bruscamente, Aristóteles decide escribir un tratado que destruya la danza de Armonía, descomponiéndola en todas sus actitudes y en todos sus ritmos. Humillado, acepta el verso como una condición ineludible, y comienza a redactar su obra maestra, el tratado *De Armonía,* que ardió en la hoguera de Omar.

Durante el tiempo que tardó en componerlo, la musa danzaba para él. Al escribir el último verso, la visión se deshizo y el alma del filósofo reposó para siempre, libre del agudo aguijón de la belleza.

Pero una noche Aristóteles soñó que caminaba en la hierba a cuatro pies, bajo la primavera griega, y que la musa cabalgaba sobre él. Y al día siguiente escribió al comienzo de su manuscrito estas palabras: Mis versos son torpes y desgarbados como el paso del asno. Pero sobre ellos cabalga la Armonía.

LA CANCIÓN DE PERONELLE

Desde un claro huerto de manzanos, Peronelle de Armentières dirigió al maestro Guillermo su primer rondel amoroso. Puso los versos en una cesta de frutas olorosas, y el mensaje cayó como un sol de primavera en la vida oscurecida del poeta.

Guillermo de Machaut había cumplido ya los sesenta años. Su cuerpo resentido de dolencias empezaba a inclinarse hacia la tierra. Uno de sus ojos se había apagado para siempre. Sólo de vez en cuando, al oír sus antiguos versos en boca de jóvenes enamorados, se reanimaba su corazón. Pero al leer la canción de Peronelle volvió a ser joven, tomó su rabel, y aquella noche no hubo en la ciudad más gallardo cantor de serenatas.

Mordió la carne dura y fragante de las manzanas y pensó en la juventud de aquella que se las enviaba. Y su vejez retrocedió como sombra perseguida por un rayo de luz. Contestó en una carta extensa y ardiente, interpolada con poemas juveniles.

Peronelle recibió la respuesta y su corazón latió apresurado. Sólo pensó en aparecer una mañana, con traje de fiesta, ante los ojos del poeta que celebraba su belleza desconocida.

Pero tuvo que esperar hasta el otoño la feria de San Dionisio. Acompañada de una sirviente fiel, sus padres consintieron en dejarla ir en peregrinación hasta el santuario.

Las cartas iban y venían, cada vez más inflamadas, colmando la espera.

En la primera garita del camino, el maestro aguardó a Peronelle, avergonzado de sus años y de su ojo sin luz. Con el corazón apretado de angustia, escribía versos y notas musicales para saludar su llegada.

Peronelle se acercó envuelta en el esplendor de sus dieciocho años, incapaz de ver la fealdad del hombre que la esperaba ansioso. Y la vieja sirviente no salía de su sorpresa, viendo cómo el maestro Guillermo y Peronelle pasaban las horas diciendo rondeles y baladas, oprimiéndose las manos, temblando como dos prometidos en la víspera de sus bodas.

A pesar del ardor de sus poemas, el maestro Guillermo supo amar a Peronelle con amor puro de anciano. Y ella vio pasar indiferente a los jóvenes que la alcanzaban en la ruta. Juntos visitaron las santas iglesias, y juntos se albergaron en las posadas del camino. La fiel servidora tendía sus mantas entre los dos lechos, y San Dionisio bendijo la pureza del idilio cuando los dos enamorados se arrodillaron, con las manos juntas, al pie de su altar.

Pero ya de vuelta, en una tarde resplandeciente y a punto de separarse, Peronelle otorgó al poeta su más grande favor. Con la boca fragante, besó amorosa los labios marchitos del maestro. Y Guillermo de Machaut llevó sobre su corazón, hasta la muerte, la dorada hoja de avellano que Peronelle puso de por medio entre su beso.

EL SILENCIO DE DIOS

Creo que esto no se acostumbra: dejar cartas abiertas sobre la mesa para que Dios las lea.

Perseguido por días veloces, acosado por ideas tenaces, he venido a parar en esta noche como a una punta de callejón sombrío. Noche puesta a mis espaldas como un muro y abierta frente a mí como una pregunta inagotable.

Las circunstancias me piden un acto desesperado y pongo esta carta delante de los ojos que lo ven todo. He retrocedido desde la infancia, aplazando siempre esta hora en que caigo por fin. No trato de aparecer ante nadie como el más atribulado de los hombres. Nada de eso. Cerca o lejos debe haber otros que también han sido acorralados en noches como ésta. Pero yo pregunto: ¿cómo han hecho para seguir viviendo? ¿Han salido siquiera con vida de la travesía?

Necesito hablar y confiarme; no tengo destinatario para mi mensaje de náufrago. Quiero creer que alguien va a recogerlo, que mi carta no flotará en el vacío, abierta y sola, como sobre un mar inexorable.

¿Es poco un alma que se pierde? Millares caen sin cesar, faltas de apoyo, desde el día en que se alzan para pedir las claves de la vida. Pero yo no quiero saberlas, no pretendo que caigan en mis manos las razones del universo. No voy a buscar en esta hora de sombra lo que no hallaron en espacios de luz los sabios y los santos. Mi necesidad es breve y personal.

Quiero ser bueno y solicito unos informes. Eso es todo. Estoy balanceado en un vértigo de incertidumbre, y mi mano, que sale por último a la superficie, no encuentra una brizna para detenerse. Y es poco lo que me falta, sencillo el dato que necesito.

Desde hace algún tiempo he venido dando un cierto rumbo a mis acciones, una orientación que me ha parecido razonable, y estoy alarmado. Temo ser víctima de una equivocación, porque todo, hasta la fecha, me ha salido muy mal.

Me siento sumamente defraudado al comprobar que mis fórmulas de bondad producen siempre un resultado explosivo. Mis balanzas funcionan mal. Hay algo que me impide elegir con claridad los ingredientes del bien. Siempre se adhiere una partícula maligna y el producto estalla en mis manos.

¿Es que estoy incapacitado para la elaboración del bien? Me dolería reconocerlo, pero soy capaz de aprendizaje.

No sé si a todos les sucede lo mismo. Yo paso la vida cortejado por un afable demonio que delicadamente me sugiere maldades. No sé si tiene una autorización divina: lo cierto es que no me deja en paz ni un momento. Sabe dar a la tentación atractivos insuperables. Es agudo y oportuno. Como un prestidigitador, saca cosas horribles de los objetos más inocentes y está siempre provisto de extensas series de malos pensamientos que proyecta en la imaginación como rollos de película. Lo digo con toda sinceridad: nunca voy al mal con pasos deliberados; él facilita los trayectos, pone todos los caminos en declive. Es el saboteador de mi vida.

Por si a alguien le interesa, consigno aquí el primer dato de mi biografía moral: un día en la escuela, en los primeros años, la vida me puso en contacto con unos niños que sabían cosas secretas, atrayentes, que participaban con misterio.

Naturalmente, no me cuento entre los niños felices. Un alma infantil que guarda pesados secretos es algo que vuela mal, es un ángel lastrado que no puede tomar altura. Mis días de niño, que decoraron suaves paisajes, ostentan a menudo manchas deplorables. El maligno, con apariciones puntuales de fantasma, daba a mis sueños un giro de pesadilla y puso en los recuerdos pueriles un sabor punzante y criminoso.

Cuando supe que Dios miraba todos mis actos traté de esconderle los malos por oscuros rincones. Pero al fin, siguiendo la indicación de personas mayores, mostré abiertos mis secretos para que fueran examinados en tribunal. Supe que entre Dios y yo había intermediarios, y durante mucho tiempo tramité por su conducto mis asuntos, hasta que un mal día, pasada la niñez, pretendí atenderlos personalmente.

Entonces se suscitaron problemas cuyo examen fue siempre aplazado. Empecé a retroceder ante ellos, a huir de su amenaza, a vivir días y días cerrando los ojos, dejando al bien y al mal que hicieran conjuntamente su trabajo. Hasta que una vez, volviendo a mirar, tomé el partido de uno de los dos trabados contendientes.

Con ánimo caballeresco, me puse al lado del más débil. Aquí está el resultado de nuestra alianza:

Hemos perdido todas las batallas. De todos los encuentros·

con el enemigo salimos invariablemente apaleados y aquí estamos, batiéndonos otra vez en retirada durante esta noche memorable.

¿Por qué es el bien tan indefenso? ¿Por qué tan pronto se derrumba? Apenas se elaboran cuidadosamente unas horas de fortaleza, cuando el golpe de un minuto viene a echar abajo toda la estructura. Cada noche me encuentro aplastado por los escombros de un día destruido, de un día que fue bello y amorosamente edificado.

Siento que una vez no me levantaré más, que decidiré vivir entre ruinas, como una lagartija. Ahora, por ejemplo, mis manos están cansadas para el trabajo de mañana. Y si no viene el sueño, siquiera el sueño como una pequeña muerte para saldar la cuenta pesarosa de este día, en vano esperaré mi resurrección. Dejaré que fuerzas oscuras vivan en mi alma y la empujen, en barrena, hacia una caída acelerada.

Pero también pregunto: ¿se puede vivir para el mal? ¿Cómo se consuelan los malos de no sentir en su corazón el ansia tumultuosa del bien? Y si detrás de cada acto malévolo se esconde un ejército de castigo, ¿cómo hacen para defenderse? Por mi parte, he perdido siempre esa lucha, y bandas de remordimiento me persiguen como espadachines hasta el callejón de esta noche.

Muchas veces he revistado con satisfacción un cierto grupo de actos bien disciplinados y casi victoriosos, y ha bastado el menor recuerdo enemigo para ponerlos en fuga. Me veo precisado a reconocer que muchas veces soy bueno sólo porque me faltan oportunidades aceptables de ser malo, y recuerdo con amargura hasta dónde pude llegar en las ocasiones en que el mal puso todos sus atractivos a mi alcance.

Entonces, para conducir el alma que me ha sido otorgada, pido, con la voz más urgente, un dato, un signo, una brújula.

El espectáculo del mundo me ha desorientado. Sobre él desemboca al azar y lo confunde todo. No hay lugar para recoger una serie de hechos y confrontarlos. La experiencia va brotando siempre detrás de nuestros actos, inútil como una moraleja.

Veo a los hombres en torno de mí, llevando vidas ocultas, inexplicables. Veo a los niños que beben voces contaminadas, y a la vida como nodriza criminal que los alimenta de venenos. Veo pueblos que disputan las palabras eternas, que se dicen predilectos y elegidos. A través de los siglos, se ven hordas de sanguinarios y de imbéciles; y de pronto, aquí y allá, un alma que parece señalada con un sello divino.

Miro a los animales que soportan dulcemente su destino y que viven bajo normas distintas; a los vegetales que se consumen después de una vida misteriosa y pujante, y a los minerales duros y silenciosos.

Enigmas sin cesar caen en mi corazón, cerrados como semillas que una savia interior hace crecer.

De cada una de las huellas que la mano de Dios ha dejado sobre la tierra, distingo y sigo el rastro. Pongo agudamente el oído en el rumor informe de la noche, me inclino al silencio que se abre de pronto y que un sonido interrumpe. Espío y trato de ir hasta el fondo, de embarcarme al conjunto, de sumarme en el todo. Pero quedo siempre aislado; ignorante, individual, siempre a la orilla.

Desde la orilla entonces, desde el embarcadero, dirijo esta carta que va a perderse en el silencio...

Efectivamente, tu carta ha ido a dar al silencio. Pero sucede que yo me encontraba allí en tales momentos. Las galerías del silencio son muy extensas y hacía mucho que no las visitaba.

Desde el principio del mundo vienen a parar aquí todas esas cosas. Hay una legión de ángeles especializados que se ocupan en trasmitir los mensajes de la tierra. Después de que son cuidadosamente clasificados, se guardan en unos ficheros dispuestos a lo largo del silencio.

No te sorprendas porque contesto una carta que según la costumbre debería quedar archivada para siempre. Como tú mismo has pedido, no voy a poner en tus manos los secretos del universo, sino a darte unas cuantas indicaciones de provecho. Creo que serás lo suficientemente sensato para no juzgar que me tienes de tu parte, ni hay razón alguna para que vayas a conducirte desde mañana como un iluminado.

Por lo demás, mi carta va escrita con palabras. Material evidentemente humano, mi intervención no deja en ellas rastro; acostumbrado al manejo de cosas más espaciosas, estos pequeños signos, resbaladizos como guijarros, resultan poco adecuados para mí. Para expresarme adecuadamente, debería emplear un lenguaje condicionado a mi sustancia. Pero volveríamos a nuestras eternas posiciones y tú quedarías sin entenderme. Así pues, no busques en mis frases atributos excelsos: son tus propias palabras incoloras y naturalmente humildes que yo ejercito sin experiencia.

Hay en tu carta un acento que me gusta. Acostumbrado a oír solamente recriminaciones o plegarias, tu voz tiene un timbre de novedad. El contenido es viejo, pero hay en ella sinceridad, una lamentación de hijo doliente y una falta de altanería.

Comprende que los hombres se dirigen a mí de dos modos: bien el éxtasis del santo, bien las blasfemias del ateo. La mayoría utiliza también para llegar hasta aquí un lenguaje sistematizado en oraciones mecánicas que generalmente dan en el vacío, excepto cuando el alma conmovida las reviste de nueva emoción.

Tú hablas tranquilamente y sólo te podría reprochar el que hayas dicho con tanta formalidad que tu carta iba a dar al silencio, como si lo supieras de antemano. Fue una casualidad que yo me encontrara allí cuando acababas de escribir. Si retardo un poco mi visita, cuando leyera tus apasionadas palabras tal vez ya no existiría sobre la tierra ni el polvo de tus huesos.

Quiero que veas al mundo tal cual yo lo contemplo: como un grandioso experimento. Hasta ahora los resultados no son muy claros, y confieso que los hombres han destruido mucho más de lo que yo había presupuesto. Pienso que no sería difícil que acabaran con todo. Y esto, gracias a un poco de libertad mal empleada.

Tú apenas rozas problemas que yo examino a fondo con amargura. Hay el dolor de todos los hombres, el de los niños, el de los animales que se les parecen tanto en su pureza. Veo sufrir a los niños y me gustaría salvarlos para siempre: evitar que lleguen a ser hombres. Pero debo esperar todavía un poco más, y espero confiadamente.

Si tú tampoco puedes soportar la brizna de libertad que llevas contigo, cambia la posición de tu alma y sé solamente pasivo, humilde. Acepta con emoción lo que la vida ponga en tus manos y no intentes los frutos celestes; no vengas tan lejos.

Respecto a la brújula que pides, debo aclararte que te he puesto una quién sabe dónde, y que no puedo darte otra. Recuerda que lo que yo podía darte ya te lo he concedido.

Quizás te convendría reposar en alguna religión. Esto también lo dejo a tu criterio. Yo no puedo recomendarte alguna de ellas porque soy el menos indicado para hacerlo. De todos modos, piénsalo y decídete si hay dentro de ti una voz profunda que lo solicita.

Lo que sí te recomiendo, y lo hago muy ampliamente, es que en lugar de ocuparte en investigaciones amargas, te dediques a observar más bien el pequeño cosmos que te rodea. Registra con cuidado los milagros cotidianos y acoge en tu corazón a la belleza. Recibe sus mensajes inefables y tradúcelos en tu lengua.

Creo que te falta actividad y que todavía no has penetrado en el profundo sentido del trabajo. Deberías buscar alguna ocupación que satisfaga a tus necesidades y que te deje solamente algunas horas libres. Toma esto con la mayor atención, es un consejo que te conviene mucho. Al final de un día laborioso no suele encontrarse uno con noches como ésta, que por fortuna estás acabando de pasar profundamente dormido.

En tu lugar, yo me buscaría una colocación de jardinero o cultivaría por mi cuenta un prado de hortalizas. Con las flores que habría en él, y con las mariposas que irán a visitarlas, tendría suficiente para alegrar mi vida.

Si te sientes muy solo, busca la compañía de otras almas, y frecuéntala, pero no olvides que cada alma está especialmente construida para la soledad.

Me gustaría ver otras cartas sobre tu mesa. Escríbeme, si es que renuncias a tratar cosas desagradables. Hay tantos temas de qué hablar, que seguramente tu vida alcanzará para muy pocos. Escojamos los más hermosos.

En vez de firma, y para acreditar esta carta (no pienses que la estás soñando), te voy a ofrecer una cosa: me manifestaré a ti durante el día, de un modo en que puedas fácilmente reconocerme, por ejemplo... Pero no, tú solo, sólo tú habrás de descubrirlo.

UNA REPUTACIÓN

La cortesía no es mi fuerte. En los autobuses suelo disimular esta carencia con la lectura o el abatimiento. Pero hoy me levanté de mi asiento automáticamente, ante una mujer que estaba de pie, con un vago aspecto de ángel anunciador.

La dama beneficiada por ese rasgo involuntario lo agradeció con palabras tan efusivas, que atrajeron la atención de dos o tres pasajeros. Poco después se desocupó el asiento inmediato, y al ofrecérmelo con leve y significativo ademán, el ángel tuvo un hermoso gesto de alivio. Me senté allí con la esperanza de que viajaríamos sin desazón alguna.

Pero ese día me estaba destinado, misteriosamente. Subió al autobús otra mujer, sin alas aparentes. Una buena ocasión se presentaba para poner las cosas en su sitio; pero no fue aprovechada por mí. Naturalmente, yo podía permanecer sentado, destruyendo así el germen de una falsa reputación. Sin embargo, débil y sintiéndome ya comprometido con mi compañera, me apresuré a levantarme, ofreciendo con reverencia el asiento a la recién llegada. Tal parece que nadie le había hecho en toda su vida un homenaje parecido: llevó las cosas al extremo con sus turbadas palabras de reconocimiento.

Esta vez no fueron ya dos ni tres las personas que aprobaron sonrientes mi cortesía. Por lo menos la mitad del pasaje puso los ojos en mí, como diciendo: "He aquí un caballero." Tuve la idea de abandonar el vehículo, pero la deseché inmediatamente, sometiéndome con honradez a la situación, alimentando la esperanza de que las cosas se detuvieran allí.

Dos calles adelante bajó un pasajero. Desde el otro extremo del autobús, una señora me designó para ocupar el asiento vacío. Lo hizo sólo con una mirada, pero tan imperiosa, que detuvo el ademán de un individuo que se me adelantaba; y tan suave, que yo atravesé el camino con paso vacilante para ocupar en aquel asiento un sitio de honor. Algunos viajeros masculinos que iban de pie sonrieron con desprecio. Yo adiviné su envidia, sus celos, su resentimiento, y me sentí un poco angustiado. Las señoras, en cambio, parecían protegerme con su efusiva aprobación silenciosa.

Una nueva prueba, mucho más importante que las anteriores, me aguardaba en la esquina siguiente: subió al camión una señora con dos niños pequeños. Un angelito en brazos y otro que apenas caminaba. Obedeciendo la orden unánime, me levanté inmediatamente y fui al encuentro de aquel grupo conmovedor. La señora venía complicada con dos o tres paquetes; tuvo que correr media cuadra por lo menos, y no lograba abrir su gran bolso de mano. La ayudé eficazmente en todo lo posible, la desembaracé de nenes y envoltorios, gestioné con el chofer la exención de pago para los niños, y la señora quedó instalada finalmente en mi asiento, que la custodia femenina había conservado libre de intrusos. Guardé la manita del niño mayor entre las mías.

Mis compromisos para con el pasaje habían aumentado de manera decisiva. Todos esperaban de mí cualquier cosa. Yo personificaba en aquellos momentos los ideales femeninos de caballerosidad y de protección a los débiles. La responsabilidad oprimía mi cuerpo como una coraza agobiante, y yo echaba de menos una buena tizona en el costado. Porque no dejaban de ocurrírseme cosas graves. Por ejemplo, si un pasajero se propasaba con alguna dama, cosa nada rara en los autobuses, yo debía amonestar al agresor y aun entrar en combate con él. En todo caso, las señoras parecían completamente seguras de mis reacciones de Bayardo. Me sentí al borde del drama.

En esto llegamos a la esquina en que debía bajarme. Divisé mi casa como una tierra prometida. Pero no descendí. Incapaz de moverme, la arrancada del autobús me dio una idea de lo que debe ser una aventura trasatlántica. Pude recobrarme rápidamente; yo no podía desertar así como así, defraudando a las que en mí habían depositado su seguridad, confiándome un puesto de mando. Además, debo confesar que me sentí cohibido ante la idea de que mi descenso pusiera en libertad impulsos hasta entonces contenidos. Si por un lado yo tenía asegurada la mayoría femenina, no estaba muy tranquilo acerca de mi reputación entre los hombres. Al bajarme, bien podría estallar a mis espaldas la ovación o la rechifla. Y no quise correr tal riesgo. ¿Y si aprovechando mi ausencia un resentido daba rienda suelta a su bajeza? Decidí quedarme y bajar el último, en la terminal, hasta que todos estuvieran a salvo.

Las señoras fueron bajando una a una en sus esquinas respectivas, con toda felicidad. El chofer ¡santo Dios! acercaba el vehículo junto a la acera, lo detenía completamente y esperaba a que las damas pusieran sus dos pies en tierra firme. En el último momento, vi en cada rostro un gesto de simpatía, algo así como el esbozo de una despedida cariñosa. La señora de los niños bajó finalmente, auxiliada por mí, no sin regalarme un par de besos infantiles que todavía gravitan en mi corazón, como un remordimiento.

Descendí en una esquina desolada, casi montaraz, sin pompa ni ceremonia. En mi espíritu había grandes reservas de heroísmo sin empleo, mientras el autobús se alejaba vacío de aquella asamblea dispersa y fortuita que consagró mi reputación de caballero.

CORRIDO

Hay en Zapotlán una plaza que le dicen de Ameca, quien sabe por qué. Una calle ancha y empedrada se da contra un testerazo, partiéndose en dos. Por allí desemboca el pueblo en sus campos de maíz.

Así es la Plazuela de Ameca, con su esquina ochavada y sus casas de grandes portones. Y en ella se encontraron una tarde, hace mucho, dos rivales de ocasión. Pero hubo una muchacha de por medio.

La Plazuela de Ameca es tránsito de carretas. Y las ruedas muelen la tierra de los baches, hasta hacerla finita, finita. Un polvo de tepetate que arde en los ojos, cuando el viento sopla. Y allí había, hasta hace poco, un hidrante. Un caño de agua de dos pajas, con su llave de bronce y su pileta de piedra.

La que primero llegó fue la muchacha con su cántaro rojo, por la ancha calle que se parte en dos. Los rivales caminaban frente a ella, por las calles de los lados, sin saber que se darían un tope en el testerazo. Ellos y la muchacha parecía que iban de acuerdo con el destino, cada uno por su calle.

La muchacha iba por agua y abrió la llave. En ese momento los dos hombres quedaron al descubierto, sabiéndose interesados en lo mismo. Allí se acabó la calle de cada quien, y ninguno quiso dar paso adelante. La mirada que se echaron fue poniéndose tirante, y ninguno bajaba la vista.

—Oiga amigo, qué me mira.

—La vista es muy natural.

Tal parece que así se dijeron, sin hablar. La mirada lo estaba diciendo todo. Y ni un ai te va, ni ai te viene. En la plaza que los vecinos dejaron desierta como adrede, la cosa iba a comenzar.

El chorro de agua, al mismo tiempo que el cántaro, los estaba llenando de ganas de pelear. Era lo único que estorbaba aquel silencio tan entero. La muchacha cerró la llave dándose cuenta cuando ya el agua se derramaba. Se echó el cántaro al hombro, casi corriendo con susto.

Los que la quisieron estaban en el último suspenso, como los gallos todavía sin soltar, embebidos uno y otro en los puntos negros de sus ojos. Al subir la banqueta del otro lado, la muchacha dio un mal paso y el cántaro y el agua se hicieron trizas en el suelo.

Ésa fue la merita señal. Uno con daga, pero así de grande, y otro con machete costeño. Y se dieron de cuchillazos, sacándose el golpe un poco con el sarape. De la muchacha no quedó más que la mancha de agua, y allí están los dos peleando por los destrozos del cántaro.

Los dos eran buenos, y los dos se dieron en la madre. En aquella tarde que se iba y se detuvo. Los dos se quedaron allí bocarriba, quién degollado y quién con la cabeza partida. Como los gallos buenos, que nomás a uno le queda tantito resuello.

Muchas gentes vinieron después, a la nochecita. Mujeres que se pusieron a rezar y hombres que dizque iban a dar parte. Uno de los muertos todavía alcanzó a decir algo: preguntó que si también al otro se lo había llevado la tiznada.

Después se supo que hubo una muchacha de por medio. Y la del cántaro quebrado se quedó con la mala fama del pleito. Dicen que ni siquiera se casó. Aunque se hubiera ido hasta Jilotlán de los Dolores, allá habría llegado con ella, a lo mejor antes que ella, su mal nombre de mancornadora.

CARTA A UN ZAPATERO QUE COMPUSO MAL UNOS ZAPATOS

Estimable señor:

Como he pagado a usted tranquilamente el dinero que me cobró por reparar mis zapatos, le va a extrañar sin duda la carta que me veo precisado a dirigirle.

En un principio no me di cuenta del desastre ocurrido. Recibí mis zapatos muy contento, augurándoles una larga vida, satisfecho por la economía que acababa de realizar: por unos cuantos pesos, un nuevo par de calzado. (Éstas fueron precisamente sus palabras y puedo repetirlas.)

Pero mi entusiasmo se acabó muy pronto. Llegado a casa examiné detenidamente mis zapatos. Los encontré un poco deformes, un tanto duros y resecos. No quise conceder mayor importancia a esta metamorfosis. Soy razonable. Unos zapatos remontados tienen algo de extraño, ofrecen una nueva fisonomía, casi siempre deprimente.

Aquí es preciso recordar que mis zapatos no se hallaban completamente arruinados. Usted mismo les dedicó frases elogiosas por la calidad de sus materiales y por su perfecta hechura. Hasta puso muy alto su marca de fábrica. Me prometió, en suma, un calzado flamante.

Pues bien: no pude esperar hasta el día siguiente y me descalcé para comprobar sus promesas. Y aquí estoy, con los pies doloridos, dirigiendo a usted una carta, en lugar de transferirle las palabras violentas que suscitaron mis esfuerzos infructuosos.

Mis pies no pudieron entrar en los zapatos. Como los de todas las personas, mis pies están hechos de una materia blanda y sensible. Me encontré ante unos zapatos de hierro. No sé cómo ni con qué artes se las arregló usted para dejar mis zapatos inservibles. Allí están, en un rincón, guiñándome burlonamente con sus puntas torcidas.

Cuando todos mis esfuerzos fallaron, me puse a considerar cuidadosamente el trabajo que usted había realizado. Debo advertir a usted que carezco de toda instrucción en materia de calzado. Lo único que sé es que hay zapatos que me han hecho sufrir, y otros, en cambio, que recuerdo con ternura: así de suaves y flexibles eran.

Los que le di a componer eran unos zapatos admirables que me habían servido fielmente durante muchos meses. Mis pies se hallaban en ellos como pez en el agua. Más que zapatos, parecían ser parte de mi propio cuerpo, una especie de envoltura protectora que daba a mi paso firmeza y seguridad. Su piel era en realidad una piel mía, saludable y resistente. Sólo que daban ya muestras de fatiga. Las suelas sobre todo: unos amplios y profundos adelgazamientos me hicieron ver que los zapatos se iban haciendo extraños a mi persona, que se acababan. Cuando se los llevé a usted, iban ya a dejar ver los calcetines.

También habría que decir algo acerca de los tacones: piso

defectuosamente, y los tacones mostraban huellas demasiado claras de este antiguo vicio que no he podido corregir.

Quise, con espíritu ambicioso, prolongar la vida de mis zapatos. Esta ambición no me parece censurable: al contrario, es señal de modestia y entraña una cierta humildad. En vez de tirar mis zapatos, estuve dispuesto a usarlos durante una segunda época, menos brillante y lujosa que la primera. Además, esta costumbre que tenemos las personas modestas de renovar el calzado es, si no me equivoco, el *modus vivendi* de las personas como usted.

Debo decir que del examen que practiqué a su trabajo de reparación he sacado muy feas conclusiones. Por ejemplo, la de que usted no ama su oficio. Si usted, dejando aparte todo resentimiento, viene a mi casa y se pone a contemplar mis zapatos, ha de darme toda la razón. Mire usted qué costuras: ni un ciego podía haberlas hecho tan mal. La piel está cortada con inexplicable descuido: los bordes de las suelas son irregulares y ofrecen peligrosas aristas. Con toda seguridad, usted carece de hormas en su taller, pues mis zapatos ofrecen un aspecto indefinible. Recuerde usted, gastados y todo, conservaban ciertas líneas estéticas. Y ahora...

Pero introduzca usted su mano dentro de ellos. Palpará usted una caverna siniestra. El pie tendrá que transformarse en reptil para entrar. Y de pronto un tope; algo así como un quicio de cemento poco antes de llegar a la punta. ¿Es posible? Mis pies, señor zapatero, tienen forma de pies, son como los suyos, si es que acaso usted tiene extremidades humanas.

Pero basta ya. Le decía que usted no le tiene amor a su oficio y es cierto. Es también muy triste para usted y peligroso para sus clientes, que por cierto no tienen dinero para derrochar.

A propósito: no hablo movido por el interés. Soy pobre pero no soy mezquino. Esta carta no intenta abonarse la cantidad que yo le pagué por su obra de destrucción. Nada de eso. Le escribo sencillamente para exhortarle a amar su propio trabajo. Le cuento la tragedia de mis zapatos para infundirle respeto por ese oficio que la vida ha puesto en sus manos; por ese oficio que usted aprendió con alegría en un día de juventud... Perdón; usted es todavía joven. Cuando menos, tiene tiempo para volver a comenzar, si es que ya olvidó cómo se repara un par de calzado.

Nos hacen falta buenos artesanos, que vuelvan a ser los de antes, que no trabajen solamente para obtener el dinero de los clientes, sino para poner en práctica las sagradas leyes del trabajo. Esas leyes que han quedado irremisiblemente burladas en mis zapatos.

Quisiera hablarle del artesano de mi pueblo, que remendó con dedicación y esmero mis zapatos infantiles. Pero esta carta no debe catequizar a usted con ejemplos.

Sólo quiero decirle una cosa: si usted, en vez de irritarse, siente que algo nace en su corazón y llega como un reproche hasta sus manos, venga a mi casa y recoja mis zapatos, intente en ellos una segunda operación, y todas las cosas quedarán en su sitio.

Yo le prometo que si mis pies logran entrar en los zapatos, le escribiré una hermosa carta de gratitud, presentándolo en ella como hombre cumplido y modelo de artesanos.

Soy sinceramente su servidor.

EL CONVERSO

Entre Dios y yo todo ha quedado resuelto desde el momento en que he aceptado sus condiciones. Renuncio a mis propósitos y doy por terminadas mis labores apostólicas. El infierno no podrá ser suprimido; toda obstinación de mi parte será inútil y contraproducente. Dios se ha mostrado en esto claro y definitivo, y ni siquiera me permitió llegar a las últimas proposiciones.

Entre otros deberes, he contraído el de hacer volver atrás a mis discípulos. A los de la tierra, se entiende. Los del infierno seguirán esperando inexorablemente mi regreso. En lugar de la redención prometida, no habré hecho más que añadir un nuevo suplicio: el de la esperanza. Dios lo ha querido así.

Yo debo volver al punto de partida. Dios se niega a iluminarme y debo colocar mi espíritu en el plano en que se hallaba antes de seguir el camino equivocado, esto es, en vísperas de recibir las órdenes menores.

Nuestro coloquio se ha desarrollado en el sitio que ocupo desde que fui arrebatado del infierno. Es algo así como una celda abierta en lo infinito y ocupada totalmente por mi cuerpo.

Dios no acudió inmediatamente. Por el contrario, me pareció una eternidad la espera, y un sentimiento de postergación indecible me hacía sufrir más que todos los suplicios anteriores. El dolor pasado era un recuerdo grato en cierta manera, ya que me daba ocasión de comprobar mi existencia y de percibir los contornos de mi cuerpo. Allí, en cambio, me podía comparar a una nube, a un islote sensible, de márgenes constituidas por estados cada vez más inconscientes, de manera que no lograba saber hasta dónde existía ni en qué punto me comunicaba con la nada.

Mi sola capacidad era el pensamiento, siempre más desbordado y potente. En la soledad tuve tiempo de andar y desandar numerosos caminos; reconstruí pieza por pieza edificios imaginarios; me extravié en mi propio laberinto, y sólo hallé la salida cuando la voz de Dios vino a buscarme. Millones de ideas se pusieron en fuga, y sentí que mi cabeza era la cuenca de un océano que de pronto se vaciaba.

Está por demás aclarar que fue Dios quien puso todas las condiciones del pacto, y que a mí sólo me reservó el privilegio de aceptarlas. No fortaleció mi juicio en modo alguno; el arbitrio fue tan completo, que su imparcialidad me parece falta de misericordia. Se limitó a indicarme los dos caminos: recomenzar mi vida, o ir de nuevo al infierno.

Todos dirán que el asunto no era para pensarse y que debí decidirme inmediatamente. Pero tuve que dudar mucho. Volver atrás no es cosa sencilla; se trata nada menos que de inaugurar una vida deshaciendo los errores y salvando los obstáculos de otra; y esto, para un hombre que no ha dado muestras de gran discernimiento, exige una serenidad y una resignación que Dios mismo echa de menos en mi persona. No sería difícil errar otra vez y que el camino de salvación se desviara nuevamente hacia el abismo.

Además, en mi conducta futura está incluida toda una serie de actos insoportables, de humillaciones sin cuento: debo someterme y aclarar públicamente mi nueva situación. Han de saberlo todos, discípulos y enemigos. Los superiores cuya autoridad desprecié recibirán las cumplidas muestras de mi obediencia. Juro que si entre tales personas no se hallara fray Lorenzo, la cosa no sería tan grave. Pero es él precisamente quien debe enterarse primero y aparecer como agente de mi salvación. Tendrá a su cargo la vigilancia estrecha de mi vida, y cada una de mis acciones deberá desnudarse ante sus ojos.

Volver al infierno es también una idea desalentadora; porque no se trata únicamente de condenación, sino de algo más fundamental: del fracaso de toda mi labor. Mi presencia en el infierno carece ya de sentido, no tiene importancia, desde el momento en que volvería incapacitado para convencer a nadie, para alentar la menor esperanza, ya que Dios ha puesto punto final a mis ensueños. Esto, descontando la naturalísima circunstancia de que en el infierno todos habrían de sentirse defraudados. Llamándome farsante y traidor, darían a mi mudanza interpretaciones malignas y torcidas; se dedicarían, sin duda alguna, a martirizarme *in aeternum* por su cuenta...

Y aquí estoy, al borde del tiempo, asistido de mis más precarias cualidades, hablando de miedos mezquinos, haciendo gala de amor propio. Porque no puedo olvidar el éxito que obtuve en el infierno. Un triunfo, me atrevo a asegurarlo, que no han visto los apóstoles de la tierra. Era un espectáculo grandioso, y en medio estaba mi fe, inquebrantable, multiplicada, como una espada resplandeciente en las manos de todos.

Fui a dar de bruces en el infierno, pero no dudé un solo instante. Rodeado de diablos tenebrosos, la idea de perdición no pudo abrirse paso en mi cabeza. Legiones de hombres sufrían tormento en máquinas horribles; sin embargo, a cada hecho desolador, mi fe respondía: Dios quiere probarme.

Las dolencias que en la tierra me causaron mis verdugos no parecían interrumpirse, sino que hallaban una exacta continuación. Dios mismo ha examinado todas mis heridas y no ha podido discernir cuáles me fueron causadas en el mundo y cuáles provenían de manos diabólicas.

No sé cuánto estuve en el infierno, pero recuerdo con claridad la rapidez y la grandeza del apostolado. Me di incansablemente a la tarea de trasmitir a los demás las convicciones propias: no estábamos definitivamente condenados; el castigo subsistía gracias a la actitud rebelde y desesperada. En vez de blasfemar, había que dar muestras de sacrificio, de humildad. El dolor sería el mismo y nada iba a perderse con hacer una prueba. Pronto volvería Dios su vista hacia nosotros, para darse cuenta de que habíamos comprendido sus secretos fines. Las llamas cumplirían su obra de purificación y las puertas del cielo iban a abrirse ya a los primeros perdonados.

Pronto empezó a tomar vuelo mi canto de esperanza. El venero de la fe comenzó a refrescar los corazones endurecidos, con su dulce acento olvidado. Debo confesar ciertamente que para muchos aquello significaba sólo una especie de novedad a lo largo de la cruel monotonía. Pero al clamor se unieron hasta los más empedernidos, y hubo demonios que olvidaron su condición y se sumaban resueltamente a nuestras filas. Se vieron entonces cosas sorprendentes: condenados que iban ellos mismos a los hornos y se aplicaban contra el pecho brasas y cauterios, que saltaban a las calderas hirvientes y bebían con deleite largos vasos de plomo fundido. Demonios temblorosos de compasión iban a ellos y los obligaban a tomar reposo, a hacer una tregua en su actitud conmovedora. De lugar abyecto y abisal, el infierno se había transformado en santo refugio de espera y penitencia.

¿Qué harán ellos ahora? ¿Habrán vuelto a su rebeldía, a su desesperación, o estarán aguardando con angustia mi regreso a un infierno que ya no podré mirar con ojos de iluminado?

Yo, que rechacé todos los argumentos humanos, que vi sonreír el rostro de Dios detrás de todos los tormentos, debo confesar ahora mi fracaso. Me cabe el alivio de que fue Dios mismo quien me desengañó, y no fray Lorenzo. Me ha sido impuesto el sacrificio de reconocerlo como salvador para castigar suficientemente mi vanidad; y el orgullo que no se rompió en los potros, irá a doblarse ante sus ojos crueles.

Y todo gracias a que yo quise vivir a la buena de Dios. Cosa sorprendente, vivir a la buena de Dios trae los peores resultados. A Dios ofende una fe ciega; pide una fe vigilante, sobrecogida. Yo aniquilé totalmente la voluntad, y por mi espíritu y por mi cuerpo transitaron libremente los instintos y las virtudes. En vez de dedicarme a clasificar, puse todas las fuerzas en la fe, para hacer de mi quietismo una llama recóndita y potente; y las acciones, las dejé al capricho de esa fuerza oscura y universal que mueve cuanto existe sobre la tierra.

Todo esto se vino abajo de golpe, cuando me di cuenta de que los actos, buenos y malos, que yo había remitido al depósito de la conciencia general —vana creación de nuestra mente de herejes—, se hallaban estrictamente anotados en mi cuenta personal. Dios me hizo comprobar la existencia de balanzas y registros; señaló uno por uno mis errores y me puso ante los ojos la afrenta de un saldo negativo. Yo no tuve a mi favor sino la fe, una fe totalmente errada, pero cuya solvencia Dios quiso reconocer.

Me doy cuenta de que en mi caso se comprueba la predestinación, pero ignoro si estaré a salvo durante la nueva tentativa. Dios ha fortalecido reiteradamente mi incertidumbre y me ha soltado de sus manos sin una sola prueba palpable, con igual turbación ante los diferentes caminos que se abren a mis ojos inexpertos. La humana incapacidad ha sido cuidadosamente restaurada; lo veo todo como un sueño y no traigo ni una sola verdad como equipaje.

Poco a poco las fronteras de mi cuerpo se reducen. El vago continente va incorporándose a la masa de mi persona. Siento que la piel envuelve y limita la sustancia que se había derramado en un orbe de inconsciencia. Renacen lentamente los sentidos y me comunican con el mundo y sus objetos.

Estoy en mi celda, sobre el suelo. Veo el crucifijo de la pared. Muevo una pierna, palpo mi frente. Mis labios se remueven; percibo ya el soplo de la vida y trato de articular, de ensayar las palabras terribles: "Yo, Alonso de Cedillo, me retracto y abjuro..."

Luego, frente a la reja, con su linterna en la mano, observándome, distingo a fray Lorenzo.

EL CUERVERO

Los cuervos sacan de la tierra el maíz recién sembrado. También les gusta la milpita tierna, esas tres o cuatro hojitas que apenas van saliendo del suelo.

Pero a los cuervos es muy fácil espantarlos. Nunca andan más de tres o cuatro en todo el potrero y se echan de ver desde lejos. Hilario los distingue entre los surcos y les avienta una piedra con su honda. Cuando un cuervo vuela, los demás se van también gritando asustados.

Pero a las tuzas ¿quién las ve? Son del color de la tierra. A veces uno cree que es un terrón. Pero luego el terrón se mueve, se va corriendo, y cuando Hilario levanta la chispeta, la tuza está en lo más hondo de su agujero. Y las tuzas se lo tragan todo. Los granos de la semilla, la milpa chiquita y grande. Los jilotes y hasta las mazorcas. Dan guerra todo el año. Tienen dos bolsas, una a cada lado del pecho, y allí se meten todo lo que roban. A veces puede uno matarlas a piedrazos, porque se han metido un molcate en cada bolsa y apenas pueden caminar.

A las tuzas hay que estarse espiándolas enfrente de su agujero, con la escopeta bien cebadita. Al rato sacan la cabeza y parece que se ríen enseñando sus dos dientes largos y amarillos. Hay que pegarles el balazo en la mera cabeza para que queden bien muertas, sin moverse. Porque tuza que se mete a su agujero es tuza perdida. Y no porque no se muera, que eso lo mismo da, sino porque Hilario no podrá cortarle la cola.

Los tuceros ganan según las colas que le entregan al patrón cada noche. Antes las pagaban a diez centavos. Si se mataban cinco o seis la cosa parecía bien. Pero de allí hay que tomar lo de la pólvora, lo de la munición y los petardos. Y entre los tiros que se jierran y las tuzas que se van para adentro, pues hay que entregar cada noche diez o doce colas cuando menos. Cuando al tucero le va muy mal y no lleva ni una cola, el patrón le da veinticinco centavos por la cuerveada.

—Le aseguro, don Pancho, que maté como una docena. Pero ayjo, hay unas reteduras; por más que les desbarate la maceta todavía se me pelan.

—¿Cuántas colas te apunto, Layo?

—Fíjese don Pancho, que maté como doce. Ya mero me daban ganas de ponerme a escarbar para sacarlas...

—Pero colas, ¿cuántas trajiste?

—Pues cuatro nomás, don Pancho.

—Bueno, pues son cuarenta fierros, Hilario. ¿Te los apunto para el sábado o los quieres de una vez?

—Pues mejor démelos.

—Diez, veinte, treinta, cuarenta, Layo. A vez si mañana te va mejor. Jíncales el tejazo en la mera cabeza. Que pases buena noche.

Cuarenta centavos servían para mucho, cuando valía a diez centavos el decílitro de alcohol. Cuando uno se ha pasado todo el día en el rayo del sol matando una docena de tuzas para que le paguen nomás cuatro, dan ganas de echarse un trago, siquiera para no oír lo que diga la vieja. Porque si uno llega con cuarenta centavos, pues de todos modos hay pleito, y así, pues de una vez que costié.

—A ver Tonino, échate uno de a quinto, pero cárgale la mano que ya me anda.

—Eipa Layo, ¿y luego yo aquí nomás viendo?

—En vez de uno que sean dos, Tonino. ¿Quiúbole Patricio, pues qué pasó contigo?

—Pues ái nomás dándole, Layo. ¿Cuántas te matastes ora?

—Me lleva... Maté como doce y casi todas se me pelaron.

—¿Y luego no les jincastes bien?

—No les jincastes... Y en la mera mazorca, pero tú ya sabes Patricio, las tuzas son más duras que los gatos. Oye, Tonino, tráenos otros dos, pero bien serviditos hombre, a éstos no les pusistes nada de mecha.

—No, Layo, la mera verdad tú eres rete tarugo. Yo también tú sabes que fui tucero con don Pancho y no sacaba ni para el nistamal. Pero luego le hallé el modo de fregar al viejo...

—¿Y cómo le hicistes?

—Pues nada, que me iba al rancho de Espinosa, allá por el Camino del Agua. Allí es un hervidero de tuzas; mataba como veinte y luego se las cobraba a don Pancho como si fueran de su potrero.

—Ya ni la friegas.

—Fíjate que el viejo se ponía re contento. ¡Le daba un gusto! Ponía toda la ringlera de colitas sobre la mesa y me decía: "ya nos las estamos acabando a estas hijas de la sonaja. Dales duro, Patricio, tráeme el colerío aunque me dejes sin un quinto".

Sin un quinto, viejo méndigo... Mas que le llevara todas las tuzas, no digo las del rancho de Espinosa, sino todas las que hay en el llano, ni se le echaba de ver al viejo, aunque me las pagara a peso. Como quien le quita un pelo a un gato.

—Oye, Tonino, esto no emborracha nada. Tráete otros dos, pero que no te tiemble la mano, vale. Échale del que raspa o mejor nos vamos con el Guayabo.

—Aquí están, Layo, y son treinta de los seis tepaches.

—Mira qué Tonino este tan desconfiado. ¿Pues quién te dijo que no te voy a pagar?

—Págame, págame y no estés alegando.

—Pos hay van cuarenta de una vez para que te traigas otros dos, nomás que no se te vaya a olvidar...

—Oye Layo, esto parece plática de cueteros. Sácate los cigarros...

—¿Y luego pues, por qué dejastes tú lo de la tuceada?

—No, mano, pues el viejo supo de dónde venían las colas y me dio para la calle.

—¿Y cómo estuvo?

—Pues nada, que el tucero de Espinosa, que la llevaba bien conmigo, un día se enojó y dijo que dizque yo me estaba acabando las tuzas, que ya las tenía rete ariscas y que él no mataba ya casi ninguna. Y seguro se rajó, porque al otro día, bueno pues mejor ni te cuento. El viejo se puso negro y hasta quería meterme al bote.

—¿Y qué pasó?

—Pues fíjate que el que estaba sembrando lo de Espinosa le pagó a don Pancho las colas que yo le había vendido. Y ni tantito que dudo que don Pancho le cobró de más porque ese viejo jijo la tray desdoblada.

—Y ora ¿qué te haces?

—Pues le estoy dando a los adobes, mano, ni modo. Y ésta sí que es una friega. Allí con don Tacho, arriba de la Reja... en las faldas del cerro...

—Bueno, pues yo creo que de todos modos vale más darle a los adobes. Allí cuando menos está el caramba lodo y no no hay más que pegarle a dar. Mientras que las tuzas, esas hijas de la mañana hay días que no salen ni a mentadas.

—Pos si quieres darte una caladita, larga a don Pancho y vente mañana para la Reja. De allí se divisa la adobera...

—Pero si no sé hacer adobes.

—Pues le metes a la parigüela, que al cabo para cargar cualquiera sabe. O le das a la amasada, como quieras.

—Bueno, mañana nos vimos, tempranito.

—¡Pues qué argüende es ése y qué hace aquí tanta gente, mama, que parece velorio!

—Válgame Dios, Layo, no digas eso. ¿Luego no estás oyendo llorar a la criatura?

—¿A poco ya nació?

—Cállate, que ésta se puso re mala con un calenturón. No sea por doña Cleta que estuvo aquí todo el día, tú ni la habías alcanzado.

—¿Y qué fue?

—Pues muchachito, pero nació lastimadito del ombliguito.

—Pues que lo curen.

—Ya le pusieron tantita manteca con calecita y azúcar, que es rebuena para lo hinchado.

La mujer de Hilario está como la tierra seca, antes de que le llueva. No hace caso de nada. La criatura llora y llora. Doña Cleta dijo que más valía hablarle al doctor si para mañana sigue llorando. Por su parte, ya hizo ella lo que pudo. El niño nació también medio eclipsado de los ojos, parece que los tiene pegados. La madre de Hilario dice también que hay que llamar al doctor.

—Bueno, mama, pues mañana llévate la chispeta y empéñala con Tonino, bien te dará cinco pesos.

La mujer de Hilario entreabrió los ojos:

—¿La chispeta? ¿Y luego la tuceada, Layo?

—¡Qué tuceada ni que ojo de hacha! Eso se acabó. Ójala y que las tuzas y los cuervos le tragaran toda la labor a ese jijo de don Pancho. ¡Yo nomás dale y dale todo el día matando tuzas jolinas, que para que no se las paguen a uno lo mismo da que tengan cola o que no tengan!

—¿Y qué vamos a hacer entonces nosotros, Layo?

—Mañana le pego a los adobes con aquel Patricio, en la adobera de don Tacho, allá por la Reja.

—Pero si tú no sabes hacer adobes, Layo

—Pues para meterle macizo a la parigüela, no se necesita saber, y tampoco para batir el lodal. Ni que fuera yo tan tarugo. Eso sí, hacer adobes no es lo mismo que estarse sentado en el sol espiando las tuzas. ¡Que se vayan a la tiznada las tuzas!

El agua que viene por el lado de las Peñas es tormenta segura. La que viene por el lado de Santa Catarina, bien puede no pegar. La de las Peñas no falla. El cerro de las Peñas está parado contra el cielo. Y el viento retacha las nubes por detrás, al otro lado del cerro, hasta que las nubes se amontonan y aparecen de pronto sobre las peñas, como una bocanada negra, dando maromas y tronando, a vuelta y vuelta sobre el pueblo.

La gente ya lo sabe, y cuando ve que el agua pega por el lado de las Peñas, pues es la corredera por todas partes. En un momento se pone a llover duro y tupido, como si las nubes se hicieran trizas y se les cayera el agua a chorros y chorros.

Bueno, la gente corre a guarecerse y ya está. Pero, ¿y los adobes? ¿Quién iba a ponerse a levantar los adobes, recién hechos y todavía bien aguados? Y van tres días que a eso de las cuatro de la tarde el agua viene derechito, como para no jerrarle, por el lado de las Peñas.

Y allá está la tormenta sobre la tendalada de adobes, desbaratándolos con sus chorros picudos. Los adobes quedan hechos torta y todo el asoleadero está como un lodazal.

—¡Pero con un tal, a quién jijos de la guayaba se le ocurre ponerse a hacer adobes en tiempo de aguas!

Layo se queda viendo aquello, meneando la cabeza. Le duele la espalda de tanto meterle a la parigüela. Los adobes ya no tienen forma de adobe. Parecen cuachas de vaca.

—¡Me lleva el tren, Patricio! Tú no me dijistes que también esto de los adobes tiene su jerradero...

—Deja que venga don Tacho, a ver qué nos dice. Ya van tres días que el agua nos friega los adobes.

Don Tacho fue ya casi para meterse el sol.

—Bueno muchachos, la de malas. Más vale dejarle pendiente a esto de la adobeada, hasta que haya un veranito. Seguirle dando sería tentar a Dios de paciencia. Tres días que llueve seguido y que ustedes trabajan de en balde. Vayan a la tienda a la noche para darles su alguito, ya ven que apenas los adobes que estaban más oriaditos resistieron la mojada...

Hilario y Patricio se van sin decir nada, caminando calles y calles hasta llegar a la plaza.

—Bueno, Layo, pues esto salió de la patada. Hay que entrarle otra vez al llano.

—Pues el trabajo es hallar dónde, porque en todas partes está la gente cabal. Con don Pancho ni modo, porque la chispeta la tiene Tonino.

—¿Y le dijistes a don Pancho que la ibas a empeñar?

—Qué le iba a decir, ¿mira éste pues? Nomás me salí así nomás.

—¿Y cuánto te emprestó pues Tonino?

—Cinco pesos, fíjate nomás. Y se gastaron en el muchacho que ni se alivió ni deja de chillar desde que nació.

—Pues ya verás, Layo, cinco pesos es poco. Vámonos con Tonino a decirle que si daca unos dos ponches, para que no nos vaya a hacer daño la mojada, ya ves que estábamos bien calientes cuando empezó la llovedera.

Tonino se portó rete gente. No fueron dos ni tres los ponchecitos. Después de todo, este Patricio tiene muy buenas ocurrencias. Lo de las tuzas del rancho de Espinosa y otras cosas todavía más curiosas. Lo cierto es que a cada rato se lo llevan a la cárcel. Y luego tiene que ponerse a hacer adobes, para componerse. Porque con los adobes no hay modo de hacer trampa. Escarbar, batir bien el lodo para que no le queden terrones. Acarrearlo en la parigüela, y eso es todo. Luego, claro, hay que saber moldear. Remojar bien la adobera para que el adobe no se pegue. Luego echarle lodo hasta la mitad. Su puño de ocochal para que amarre bonito, y luego se copetea bien la adobera para que apriete. Y ya nomás viene el rasador, y está listo el adobe.

Cuando Hilario y Patricio fueron a la tienda de don Tacho, hizo bien en no quererles pagar.

—Vengan mañana muchachos, y aquí se la curan. Ora ya estuvo bueno de emborrachada. Más vale, mejor váyanse a dormir.

Ora sí hay velorio, Layo. ¡Uy, qué borracho vienes, hijo! ¿Qué te está pasando pues? Fíjate, apenas si doña Cleta alcanzó a vaciarle el agua al angelito, así nomás, para que no se fuera a ir al limbo.

Allí estaba el niño sobre una mesita, entre cempasúchiles y clavellinas, con un vestidito de papel de china y una crucecita de oropel en la frente.

La mujer de Hilario estaba hecha mono en un rincón. No se sabía si lloraba. Unas mujeres iban y venían a traerle más flores al angelito. Hilario, cansado y bien borracho, se tiró en el suelo y al ratito ya estaba roncando.

Las velitas de sebo se apagaron a media noche. Entonces la mujer de Hilario se puso a llorar muy recio en su rincón. No tanto por el niño, que ya se lo había llevado Dios, sino porque no había más luces para velarlo y le daba pena su angelito, allí en aquella oscuridad.

Don Tacho supo lo del niño y le dio a Hilario dos pesos de más para que comprara el cajón. Hilario compró un cajoncito azul, así de chiquito, como una caja de zapatos. Estaba adornado con piedritas de hormiguero y tenía un angelito de hojalata, con las alas abiertas, encima de la tapadera.

Hilario se fue al panteón, en la tarde, con la cajita bajo el brazo. Allá se peleó con el camposantero, porque hizo un pozo muy bajito, como de medio metro. Hilario tomó la barra y se estuvo escarbando hasta que se metió el sol.

Era el tiempo en que todo costaba más barato, cuando los peones ganaban sesenta centavos en las labores y cuando se pagaban a diez las colas de tuza. Al muchacho que andaba de cuervero le daban veinticinco centavos por que los espantara todo el día con su honda.

El niño de Hilario nació y se murió en la temporada de siembra. Cuando los cuervos van volando sobre los potreros y buscan entre los surcos las milpitas tiernas, que acaban de salir de la tierra y que brillan como estrellitas verdes.

UN PACTO CON EL DIABLO

Aunque me di prisa y llegué al cine corriendo, la película había comenzado. En el salón oscuro traté de encontrar un sitio. Quedé junto a un hombre de aspecto distinguido.

—Perdone usted —le dije—, ¿no podría contarme brevemente lo que ha ocurrido en la pantalla?

—Sí. Daniel Brown, a quien ve usted allí, ha hecho un pacto con el diablo.

—Gracias. Ahora quiero saber las condiciones del pacto: ¿podría explicármelas?

—Con mucho gusto. El diablo se compromete a proporcionar la riqueza a Daniel Brown durante siete años. Naturalmente, a cambio de su alma.

—¿Siete nomás?

—El contrato puede renovarse. No hace mucho, Daniel Brown lo firmó con un poco de sangre.

Yo podía completar con estos datos el argumento de la película. Eran suficientes, pero quise saber algo más. El complaciente desconocido parecía ser hombre de criterio. En tanto que Daniel Brown se embolsaba una buena cantidad de monedas de oro, pregunté:

—En su concepto, ¿quién de los dos se ha comprometido más?

—El diablo.

—¿Cómo es eso? —repliqué sorprendido.

—El alma de Daniel Brown, créame usted, no valía gran cosa en el momento en que la cedió.

—Entonces el diablo...

—Va a salir muy perjudicado en el negocio, porque Daniel se manifiesta muy deseoso de dinero, mírelo usted.

Efectivamente, Brown gastaba el dinero a puñados. Su alma de campesino se desquiciaba. Con ojos de reproche, mi vecino añadió:

—Ya llegarás al séptimo año, ya.

Tuve un estremecimiento. Daniel Brown me inspiraba simpatía. No pude menos de preguntar:

—Usted, perdóneme, ¿no se ha encontrado pobre alguna vez?

El perfil de mi vecino, esfumado en la oscuridad, sonrió débilmente. Apartó los ojos de la pantalla donde ya Daniel Brown comenzaba a sentir remordimientos y dijo sin mirarme:

—Ignoro en qué consiste la pobreza, ¿sabe usted?

—Siendo así...

—En cambio, sé muy bien lo que puede hacerse en siete años de riqueza.

Hice un esfuerzo para comprender lo que serían esos años, y vi la imagen de Paulina, sonriente, con un traje nuevo y rodeada de cosas hermosas. Esta imagen dio origen a otros pensamientos:

—Usted acaba de decirme que el alma de Daniel Brown no valía nada: ¿cómo, pues, el diablo le ha dado tanto?

—El alma de ese pobre muchacho puede mejorar, los remordimientos pueden hacerla crecer —contestó filosóficamente mi vecino, agregando luego con malicia—: entonces el diablo no habrá perdido su tiempo.

—¿Y si Daniel se arrepiente?...

Mi interlocutor pareció disgustado por la piedad que yo manifestaba. Hizo un movimiento como para hablar, pero solamente salió de su boca un pequeño sonido gutural. Yo insistí:

—Porque Daniel Brown podría arrepentirse, y entonces...

—No sería la primera vez que al diablo le salieran mal estas cosas. Algunos se le han ido ya de las manos a pesar del contrato.

—Realmente es muy poco honrado —dije, sin darme cuenta.

—¿Qué dice usted?

—Si el diablo cumple, con mayor razón debe el hombre cumplir —añadí como para explicarme.

—Por ejemplo... —y mi vecino hizo una pausa llena de interés.

—Aquí está Daniel Brown —contesté—. Adora a su mujer. Mire usted la casa que le compró. Por amor ha dado su alma y debe cumplir.

A mi compañero le desconcertaron mucho estas razones.

—Perdóneme —dijo—, hace un instante usted estaba de parte de Daniel.

—Y sigo de su parte. Pero debe cumplir.

—Usted, ¿cumpliría?

No pude responder. En la pantalla, Daniel Brown se hallaba sombrío. La opulencia no bastaba para hacerle olvidar su vida sencilla de campesino. Su casa era grande y lujosa, pero extrañamente triste. A su mujer le sentaban mal las galas y las alhajas. ¡Parecía tan cambiada!

Los años transcurrían veloces y las monedas saltaban rápidas de las manos de Daniel, como antaño la semilla. Pero tras él, en lugar de plantas, crecían tristezas, remordimientos.

Hice un esfuerzo y dije:

—Daniel debe cumplir. Yo también cumpliría. Nada existe peor que la pobreza. Se ha sacrificado por su mujer, lo demás no importa.

—Dice usted bien. Usted comprende porque también tiene mujer, ¿no es cierto?

—Daría cualquier cosa porque nada le faltase a Paulina.

—¿Su alma?

Hablábamos en voz baja. Sin embargo, las personas que nos rodeaban parecían molestas. Varias veces nos habían pedido que calláramos. Mi amigo, que parecía vivamente interesado en la conversación, me dijo:

—¿No quiere usted que salgamos a uno de los pasillos? Podremos ver más tarde la película.

No pude rehusar y salimos. Miré por última vez a la pantalla: Daniel Brown confesaba llorando a su mujer el pacto que había hecho con el diablo.

Yo seguía pensando en Paulina, en la desesperante estrechez en que vivíamos, en la pobreza que ella soportaba dulcemente y que me hacía sufrir mucho más. Decididamente, no comprendía yo a Daniel Brown, que lloraba con los bolsillos repletos.

—Usted, ¿es pobre?

Habíamos atravesado el salón y entrábamos en un angosto pasillo, oscuro y con un leve olor de humedad. Al trasponer la cortina gastada, mi acompañante volvió a preguntarme:

—Usted, ¿es muy pobre?

—En este día —le contesté—, las entradas al cine cuestan más baratas que de ordinario y, sin embargo, si supiera usted qué lucha para decidirme a gastar ese dinero. Paulina se ha empeñado en que viniera; precisamente por discutir con ella llegué tarde al cine.

—Entonces, un hombre que resuelve sus problemas tal como lo hizo Daniel, ¿qué concepto le merece?

—Es cosa de pensarlo. Mis asuntos marchan muy mal. Las personas ya no se cuidan de vestirse. Van de cualquier modo. Reparan sus trajes, los limpian, los arreglan una y otra vez. Paulina misma sabe entenderse muy bien. Hace combinaciones y añadidos, se improvisa trajes; lo cierto es que desde hace mucho tiempo no tiene un vestido nuevo.

—Le prometo hacerme su cliente —dijo mi interlocutor, compadecido—; en esta semana le encargaré un par de trajes.

—Gracias. Tenía razón Paulina al pedirme que viniera al cine; cuando sepa esto va a ponerse contenta.

—Podría hacer algo más por usted —añadió el nuevo cliente—; por ejemplo, me gustaría proponerle un negocio, hacerle una compra...

—Perdón —contesté con rapidez—, no tenemos ya nada para vender: lo último, unos aretes de Paulina...

—Piense usted bien, hay algo que quizás olvida...

Hice como que meditaba un poco. Hubo una pausa que mi benefactor interrumpió con voz extraña:

—Reflexione usted. Mire, allí tiene usted a Daniel Brown. Poco antes de que usted llegara, no tenía nada para vender, y, sin embargo...

Noté, de pronto, que el rostro de aquel hombre se hacía más agudo. La luz roja de un letrero puesto en la pared daba a sus ojos un fulgor extraño, como fuego. Él advirtió mi turbación y dijo con voz clara y distinta:

—A estas alturas, señor mío, resulta por demás una presentación. Estoy completamente a sus órdenes.

Hice instintivamente la señal de la cruz con mi mano derecha, pero sin sacarla del bolsillo. Esto pareció quitar al signo su virtud, porque el diablo, componiendo el nudo de su corbata, dijo con toda calma:

—Aquí, en la cartera, llevo un documento que...

Yo estaba perplejo. Volvía a ver a Paulina de pie en el umbral de la casa, con su traje gracioso y desteñido, en la actitud en que se hallaba cuando salí: el rostro inclinado y sonriente, las manos ocultas en los pequeños bolsillos de su delantal.

Pensé que nuestra fortuna estaba en mis manos. Esta noche apenas si teníamos algo para comer. Mañana habría manjares sobre la mesa. Y también vestidos y joyas, y una casa grande y hermosa. ¿El alma?

Mientras me hallaba sumido en tales pensamientos, el diablo había sacado un pliego crujiente y en una de sus manos brillaba una aguja.

"Daría cualquier cosa porque nada te faltara." Esto lo había dicho yo muchas veces a mi mujer. Cualquier cosa. ¿El alma? Ahora estaba frente a mí el que podía hacer efectivas mis palabras. Pero yo seguía meditando. Dudaba. Sentía una especie de vértigo. Bruscamente, me decidí:

—Trato hecho. Sólo pongo una condición.

El diablo, que ya trataba de pinchar mi brazo con su aguja, pareció desconcertado:

—¿Qué condición?

—Me gustaría ver el final de la película —contesté.

—¡Pero qué le importa a usted lo que ocurra a ese imbécil de Daniel Brown! Además, eso es un cuento. Déjelo usted y firme, el documento está en regla, sólo hace falta su firma, aquí sobre esta raya.

La voz del diablo era insinuante, ladina, como un sonido de monedas de oro. Añadió:

—Si usted gusta, puedo hacerle ahora mismo un anticipo.

Parecía un comerciante astuto. Yo repuse con energía:

—Necesito ver el final de la película. Después firmaré.

—¿Me da usted su palabra?

—Sí.

Entramos de nuevo en el salón. Yo no veía en absoluto, pero mi guía supo hallar fácilmente dos asientos.

En la pantalla, es decir, en la vida de Daniel Brown, se

había operado un cambio sorprendente, debido a no sé qué misteriosas circunstancias.

Una casa campesina, destartalada y pobre. La mujer de Brown estaba junto al fuego, preparando la comida. Era el crepúsculo y Daniel volvía del campo con la azada al hombro. Sudoroso, fatigado, con su burdo traje lleno de polvo, parecía, sin embargo, dichoso.

Apoyado en la azada, permaneció junto a la puerta. Su mujer se le acercó, sonriendo. Los dos contemplaron el día que se acababa dulcemente, prometiendo la paz y el descanso de la noche. Daniel miró con ternura a su esposa, y recorriendo luego con los ojos la limpia pobreza de la casa, preguntó:

—Pero, ¿no echas tú de menos nuestra pasada riqueza? ¿Es que no te hacen falta todas las cosas que teníamos?

La mujer respondió lentamente:

—Tu alma vale más que todo eso, Daniel...

El rostro del campesino se fue iluminando, su sonrisa parecía extenderse, llenar toda la casa, salir del paisaje. Una música surgió de esa sonrisa y parecía disolver poco a poco las imágenes. Entonces, de la casa dichosa y pobre de Daniel Brown brotaron tres letras blancas que fueron creciendo, creciendo, hasta llenar toda la pantalla.

Sin saber cómo, me hallé de pronto en medio del tumulto que salía de la sala, empujando, atropellando, abriéndome paso con violencia. Alguien me cogió de un brazo y trató de sujetarme. Con gran energía me solté, y pronto salí a la calle.

Era de noche. Me puse a caminar de prisa, cada vez más

de prisa, hasta que acabé por echar a correr. No volví la cabeza ni me detuve hasta que llegué a mi casa. Entré lo más tranquilamente que pude y cerré la puerta con cuidado.

Paulina me esperaba.

Echándome los brazos al cuello, me dijo:

—Pareces agitado.

—No, nada, es que...

—¿No te ha gustado la película?

—Sí, pero...

Yo me hallaba turbado. Me llevé las manos a los ojos. Paulina se quedó mirándome, y luego, sin poderse contener, comenzó a reír, a reír alegremente de mí, que deslumbrado y confuso me había quedado sin saber qué decir. En medio de su risa, exclamó con festivo reproche:

—¿Es posible que te hayas dormido?

Estas palabras me tranquilizaron. Me señalaron un rumbo. Como avergonzado, contesté:

—Es verdad, me he dormido.

Y luego, en son de disculpa, añadí:

—Tuve un sueño, y voy a contártelo.

Cuando acabé mi relato, Paulina me dijo que era la mejor película que yo podía haberle contado. Parecía contenta y se rió mucho.

Sin embargo, cuando yo me acostaba, pude ver cómo ella, sigilosamente, trazaba con un poco de ceniza la señal de la cruz sobre el umbral de nuestra casa.

HIZO EL BIEN MIENTRAS VIVIÓ

AGOSTO 1º

He volcado un frasco de goma sobre el escritorio hoy por la tarde, poco antes de cerrar la oficina, cuando Pedro ya se había ido. Me he visto atareado para dejar todo limpio y reformar cuatro cartas que ya estaban firmadas. También tuve que cambiar la carpeta a un expediente.

Podía dejar para mañana estos quehaceres y encomendárselos a Pedro; sin embargo, me ha parecido injusto: considero que él tiene bastante con el trabajo ordinario.

Pedro es un empleado excelente. Me ha servido durante varios años y no tengo queja alguna de él. Todo lo contrario, Pedro merece, como empleado y como persona, mis mejores conceptos. Últimamente lo he venido notando preocupado, como que desea comunicarme algo. Temo que se halle fatigado o descontento de su trabajo. Para aligerarle un poco sus labores, yo me propongo desde ahora prestarle alguna ayuda. Como tuve que rehacer las cartas manchadas, me di cuenta de que no estoy acostumbrado al manejo de la máquina. Por tanto, me será útil practicar un poco.

Desde mañana, en lugar de un jefe desconsiderado, Pedro tendrá un compañero que le ayude en su trabajo, gracias a que hoy se me ha tirado un frasco de goma y he hecho estas reflexiones.

La volcadura se debió a uno de esos inexplicables movimientos de codo que me han costado ya varios dolores de cabeza. (El otro día rompí un florero en casa de Virginia.)

AGOSTO 3

Este diario debe registrar también cosas desagradables. Ayer volvió a mi despacho el señor Gálvez y me propuso de nuevo su turbio negocio. Estoy indignado. Se atrevió a mejorar su primera oferta casi al doble con tal de que yo consienta en poner mi profesión al servicio de su rapiña.

¡Toda una familia despojada de su patrimonio si yo acepto un puñado de dinero! No, señor Gálvez. No soy yo la persona que usted necesita. Me niego resueltamente y el usurero se marcha pidiéndome una reserva absoluta sobre el particular.

¡Y pensar que el señor Gálvez pertenece a nuestra Junta! Yo poseo un pequeño capital (no es nada comparado con el de Virginia), hecho a base de sacrificios, centavo sobre centavo, pero jamás consentiré en aumentarlo de un modo indecoroso.

Por lo demás, ha sido éste un buen día y durante él he demostrado que soy capaz de cumplir mis propósitos: ser con Pedro un jefe considerado.

AGOSTO 5

Leo con particular interés los libros que Virginia me proporciona. Tiene una biblioteca no muy numerosa, pero seleccionada con gusto.

Acabo de leer un libro: *Reflexiones del caballero cristiano,* que sin duda perteneció al esposo de Virginia y que me da una hermosa lección de su aprecio por la buena literatura. Aspiro a ser digno sucesor de ese caballero que, según las palabras de Virginia, siempre se esforzó en seguir las sabias enseñanzas de tal libro.

AGOSTO 6

La amistad de Virginia me trae grandes beneficios. Me hace ser cumplido en mis deberes sociales.

No sin cierta satisfacción acabo de enterarme de que el señor Cura, durante una sesión de la Junta Moral a la que no asistí porque me hallaba enfermo, encomió la labor que en ella realizo como director de *El Vocero Cristiano.* Este periódico difunde mensualmente la obra benéfica de nuestra agrupación.

La Junta Moral se ocupa de propagar, ilustrar y exaltar la religión, así como de vigilar estrechamente la moralidad de nuestro pueblo. Hace también serios esfuerzos en bien de su cultura, valiéndose de todos los medios a su alcance. De vez en cuando recae sobre la Junta el cargo de allanar algunos de los obstáculos económicos en que a menudo tropieza nuestro párroco.

Por la alta calidad de sus miras, la Junta se ve precisada a exigir de sus asociados una conducta ejemplar, so pena de caer bajo sanciones.

Cuando un socio falta en cualquier modo a las reglas morales contenidas en los estatutos, recibe un primer aviso. Si no corrige su conducta, recibe un segundo y después un tercero. Éste precede a la expulsión.

Por el contrario, la Junta ha establecido para los socios que cumplen con su deber valiosas y apreciadas distinciones. Es satisfactorio recordar que en largos años sólo ha necesitado un corto número de avisos y una sola expulsión. En cambio, son numerosas las personas cuya vida honesta ha sido elogiada y descrita en las páginas de *El Vocero Cristiano.*

Me es grato referirme en mi diario a nuestra Junta.

Ella ocupa un lugar importante de mi vida, junto al afecto de Virginia.

AGOSTO 7

El que yo escriba un diario se debe también a Virginia. Es idea suya. Ella escribe su diario desde hace muchos años y sabe hacerlo muy bien. Tiene una gracia tan original para narrar los hechos, que los embellece y los vuelve interesantes. Cierto que a veces exagera. El otro día, por ejemplo, me leyó la descripción de un paseo que hicimos en compañía de una familia cuya amistad cultivamos.

Pues bien: dicho paseo fue como otro cualquiera; y hasta tuvo sus detalles desagradables. La persona que conducía los comestibles sufrió una aparatosa caída y nos vimos precisados a comer un deplorable revoltijo. Virginia misma tropezó mientras caminábamos sobre un terreno pedregoso, lastimándose seriamente un pie. Al regresar nos sorprendió una inesperada tormenta y llegamos empapados y cubiertos de lodo.

Cosa curiosa: en el diario de Virginia no solamente dejan de mencionarse estos datos, sino que los hechos en general aparecen alterados. Para ella el paseo fue encantador desde el principio hasta el fin. Las montañas, los árboles y el cielo están admirablemente descritos. Hasta figura un arroyuelo murmurador que yo no recuerdo haber visto ni oído. Pero lo más importante es que en la última parte de la narración se encuentra un diálogo que yo no he sostenido entonces ni nunca con Virginia. El diálogo es bello, no cabe duda, pero yo no me reconozco en él y su contenido me parece —no sé cómo decirlo— un poco inadecuado a personas de nuestra edad. Además, empleo un lenguaje poético que estoy muy lejos de tener.

Sin duda esto revela en Virginia una alta capacidad espiritual que me es extraña por completo. Yo no puedo decir sino lo que me acontece o lo que pienso, sencillamente, tal como es. De ahí que mi diario no sea, en absoluto, interesante.

AGOSTO 8

Pedro sigue mostrándose un tanto reservado. Extrema su diligencia y me parece que lleva una intención deliberada. Desea pedirme algo y trata de tenerme satisfecho de antemano.

Gracias a Dios he hecho buenos negocios en los últimos días, y si Pedro es razonable en lo que pida, me será grato complacerlo. ¿Aumento de sueldo? ¡Con mucho gusto!

AGOSTO 10

Sexto aniversario del fallecimiento del esposo de Virginia. Ella ha tenido la gentileza de invitarme a su visita al cementerio.

La tumba está cubierta por un monumento artístico y costoso. Representa una mujer sentada, llorando sobre una lápida de mármol que mantiene en su regazo.

Encontramos el prado que rodea la tumba invadido por yerbajos. Nos ocupamos en arrancarlos y yo conseguí clavarme una espina en un dedo durante la piadosa tarea.

Ya para volvernos descubrí al pie del monumento esta bella inscripción: *Hizo el bien mientras vivió,* que decido tomar como divisa.

¡Hacer el bien, hermosa labor hoy casi abandonada por los hombres!

Volvemos ya tarde del cementerio y caminamos en silencio.

AGOSTO 14

He pasado un agradable rato en casa de Virginia. Hemos charlado de cosas diferentes y gratas. Ella ha tocado en el piano nuestras piezas predilectas.

Todas estas visitas me producen una benéfica impresión de felicidad. Vuelvo de ellas con el espíritu renovado y dispuesto a las buenas obras.

Hago regularmente dones caritativos, pero me gustaría hacer un bien determinado y perfectamente dirigido. Ayudar a alguien de un modo eficaz, constante. Como se ayuda a alguna persona a quien se quiere, a un familiar, quizás a un hijo...

AGOSTO 16

Recuerdo con satisfacción que hoy hace un año que comencé a escribir estos apuntes.

Un año de vida puesto ante mis ojos gracias a la bella alma que vigila y orienta mis acciones. Dios la ha puesto sin duda como un ángel guardián en mi camino.

Virginia embellece lo que toca. Ahora comprendo por qué en su diario aparecen todas las cosas hermosas y distintas.

En aquel día de paseo, mientras yo dormía insensatamente bajo un árbol, a ella le fue dado contemplar las maravillas del paisaje que luego me deslumbraron a través de su descripción.

Consigno este propósito:

Desde ahora voy a procurar yo también abrir mis ojos a la belleza y trataré de registrar sus imágenes. Quizá logre entonces hacer un diario tan hermoso como el de Virginia.

AGOSTO 17

Antes de cerrar mis ojos a las vulgaridades del mundo y de entregarlos a la sola contemplación de la belleza, séame permitido hacer una pequeña aclaración de carácter económico.

Desde un tiempo que considero inmemorial (entonces no conocía a Virginia) he venido usando invariablemente cierta marca de sombreros.

Tales sombreros, de excelente fabricación extranjera, han venido aumentando continuamente de precio. Un sombrero no es cosa que se acabe en poco tiempo, pero como quiera que sea, yo he comprado en los últimos años una media docena por lo menos. Partiendo de la base de seis sombreros y de un aumento progresivo de cinco pesos en el precio de cada uno, hago los siguientes cálculos: si el último sombrero me ha costado cuarenta pesos, descubro que el primero debió costarme solamente quince. Sumando las diferencias sucesivas de cada compra, me doy cuenta de que la fidelidad a una marca de fábrica me ha costado setenta y cinco pesos hasta la fecha.

Respecto a la calidad de estos sombreros no tengo nada que objetar; son espléndidos. Pero me parece deplorable mi falta de economía. Si adopté inicialmente un sombrero de 15 pesos, debí mantener siempre fija tal cantidad y no dejarme llevar por la creciente avidez de fabricantes y vendedores. Debo reconocer que siempre han existido sombreros de ese precio.

Aprovechando la circunstancia de que necesito renovar mi sombrero actual voy a poner las cosas en su sitio: saltaré bruscamente de un precio a otro, realizando una economía de veinticinco pesos.

AGOSTO 18

El único sombrero de quince pesos que pude hallar a mi medida es de color verdoso y bastante áspero.

Por simple curiosidad he preguntado cuál es el precio de mi ex marca favorita. Es nada menos que de cincuenta pesos. ¡Tanto mejor! Para mí, que de ahora en adelante he resuelto ser modesto en mis sombreros, ya puede costar doscientos.

Reflexiono que he realizado un ahorro. En mis negocios sigue manifiesta la ayuda de Dios. En cambio, la Junta atraviesa por circunstancias difíciles. Se ha echado a cuestas la tarea de pavimentar nuestra parroquia y necesita más que nunca el apoyo de sus socios.

Decido hacer un donativo. Veré mañana al señor Cura, quien a más de director espiritual y fundador de nuestra Junta, es actualmente su tesorero.

AGOSTO 19

El señor Cura me distingue con una amistad afable y protectora. Se esfuerza en conocer mis problemas y da a todos ellos acertadas soluciones. Posee un agudo ingenio y gusta de hablar de las cosas por medio de alusiones sutiles. De lo que yo he hecho en mi vida basado en sus opiniones nada he tenido que lamentar hasta la fecha. La amistad que Virginia y yo sostenemos participa de su benevolencia, y él la ilustra con paternales consejos.

Apenas se entera del objeto de mi visita, extrema su bondad y dice que con tales hijos la casa de Dios se mantendrá segura y hermosa en nuestro pueblo.

Creo que he realizado una buena obra y mi corazón se halla satisfecho.

AGOSTO 20

La pequeña herida que me produje cuando fuimos al cementerio no ha cicatrizado. Parece infectarse y se ha desarrollado en dolorosa hinchazón. Como he oído decir que las heridas causadas en la proximidad de los cadáveres suelen ser peligrosas, he ido a ver al doctor.

Tuve que soportar una sencilla pero molesta curación. Virginia se ha preocupado y me demuestra su afecto con delicadas atenciones.

En el despacho, Pedro sigue mostrándose cauteloso, como esperando una oportunidad.

AGOSTO 22

Una página dedicada a nuestra honorable Junta: Acabo de ser honrado con una distinción que se otorga a muy pocos de nuestros asociados. Mi nombre figura ya en la lista de

Socios Beneméritos y me ha sido entregado un hermoso diploma que contiene el nombramiento.

El señor Cura pronunció un bello discurso durante el cual evocó la memoria de algunos beneméritos desaparecidos, para invitarnos a seguir su ejemplo. Se detuvo con particular interés elogiando al esposo de Virginia, a quien describió como uno de los miembros más ilustres con que ha contado la agrupación.

Como es natural, estoy muy contento. Virginia misma ha aumentado mi satisfacción mostrándose orgullosa por el honor que acabo de recibir.

Lo único que ha venido a oscurecer este día de felicidad es el hecho siguiente: una de las personas que demostraron más empeño en mi promoción a la categoría de socio benemérito ha sido el señor Gálvez, persona a quien he perdido la estimación y en cuya sinceridad no puedo creer.

Después de todo, tal vez está arrepentido de lo que me propuso y trata de congraciarse conmigo. De ser así le devuelvo mi mano. He mantenido una reserva absoluta en lo que se refiere a sus tenebrosos asuntos.

AGOSTO 26

Por fin, Pedro se decidió. Lo que tenía que decirme es nada menos que esto: se marcha.

Se marcha el día último y para avisármelo ha dejado pasar todos los días del mes, hasta acabar casi con ellos. Sólo tengo unos días para designarle sustituto.

He comprendido que Pedro tiene razón. Se va de nuestro pueblo en busca de un horizonte más amplio. Hace bien. Un muchacho serio y trabajador tiene derecho a buscarse un progreso. Me resigno a deshacerme de él y le entrego una carta en la que hago constar sus buenos servicios. (Pienso otorgarle alguna gratificación.)

Ahora, a buscar un digno sustituto de Pedro, tarea nada fácil.

AGOSTO 27

Desde hace tiempo había pensado tomar una secretaria cuando Pedro dejase mi servicio. Creo contar con una buena candidata.

Conozco a una señorita que me parece muy indicada. Huérfana, se gana el sustento haciendo labores de costura en las casas de familias acomodadas. Sé que la fatiga este trabajo y que no siente afecto por él. Es una muchacha muy seria y proviene de familia honorable. Vive con su vieja tía paralítica.

Hoy por la noche Virginia ha juzgado con igereza a mi candidata. No intento contradecirla, pero me parece que ha sido un poco injusta.

Sin embargo, tomaré algunos informes con el señor Cura. Él conoce a todo el mundo y me dirá si me conviene como secretaria.

AGOSTO 30

Uno planea las cosas pero Dios las decide. Esta mañana, cuando me disponía a salir en busca del señor Cura, me he visto detenido en la puerta de mi oficina. Nada menos que por la señorita elegida para el empleo.

Sólo he necesitado volver a mirar su rostro para decidirme a darle el trabajo. Es un rostro que expresa el sufrimiento.

La señorita María aparenta por lo menos cinco años más de los que tiene. Es triste contemplar su cara, marchita antes de tiempo. Sus ojos afiebrados dan cuenta de las noches pasadas en la costura. ¡Si hasta podría perderlos! (En este momento me duele recordar las palabras de Virginia.)

Le digo a la señorita que vuelva mañana, que quizá pueda emplearla. Ella lo agradece y antes de marcharse me dice: ¡Ojalá pueda usted ayudarme. . !

Estas palabras son simples, sencillas, hasta vulgares. No obstante, al meditarlas, decido que puedo ayudarla, que *debo* ayudarla.

SEPTIEMBRE 4

Mi responsabilidad moral en la Junta sigue en aumento. En el último número de *El Vocero Cristiano* he tenido que publicar un artículo del señor Gálvez. En él se me hacen, aunque indirectamente, claros elogios. Por lo visto, el señor Gálvez parece decidido a reconquistar mi amistad.

En ese mismo periódico, que tiene su sección literaria, apareció bajo el seudónimo de Fidelia un poemita compuesto por Virginia. Se lo había pedido yo unos días antes sin contarle mis intenciones. Según pude darme cuenta, le he dado una grata sorpresa. La composición ha merecido los elogios del señor Cura.

SEPTIEMBRE 7

Me ha ocurrido un pequeño pero significativo desastre. No hay más remedio que aceptarlo.

Con el objeto de distraerme un poco y aligerar la digestión, emprendí un breve paseo al terminar la comida. Me alejé más de lo necesario, y hallándome en las afueras me sorprendió la lluvia. Como no era fuerte regresé poco a poco sin preocuparme. Cuando me faltaban dos calles para llegar a mi casa, arreció de tal modo que me bañé de pies a cabeza.

¡Y mi flamante sombrero! Cuando después de ponerlo a secar fui a buscarlo, lo hallé convertido en una bolsa informe y rebelde que se resistió a entrar en mi cabeza.

Tuve que sustituirlo por mi viejo sombrero, que ha soportado soles y lluvias por más de tres años.

SEPTIEMBRE 10

La señorita María ha resultado una excelente secretaria. Pedro fue siempre un buen empleado, pero sin ofenderlo puedo afirmar que la señorita María le aventaja.

Tiene un modo especial de hacer el trabajo con alegría y da gusto verla siempre contenta y activa. Sólo en su rostro perduran las huellas del viejo cansancio.

SEPTIEMBRE 14

El abominable señor Gálvez ha vuelto a mi despacho. Después de un profundo abrazo, me aplica dos o tres veces el calificativo de benemérito.

El señor Gálvez es un conversador excelente; empleó buen tiempo en saltar de tema en tema.

Yo le escuchaba encantado, y cuando menos lo esperaba, me ha soltado su "asunto".

Después de innumerables rodeos y circunloquios, el señor Gálvez me da llanamente su disculpa por haberse atrevido a fijarme honorarios en el negocio que me propone.

Me pide que yo mismo los señale, tomando en cuenta la categoría del asunto.

Por toda respuesta, invito al señor Gálvez a que salga de mi despacho.

Esta vez no le prometo guardar reserva alguna y no he podido menos que contárselo a Virginia.

SEPTIEMBRE 17

La vida de un soltero está siempre llena de inconvenientes y dificultades. Especialmente si el soltero tiene por divisa un libro como las *Reflexiones del caballero cristiano.* Casi me atrevo a asegurar que para un hombre célibe resulta imposible llevar una vida virtuosa.

Sin embargo, pueden hacerse algunas tentativas. Como mi matrimonio con Virginia ya no está lejano (cosa de unos seis meses), trato de conservarme bajo ciertas disciplinas a fin de llegar a él en un relativo estado de pureza.

No desespero de que me sea dado realizar el tipo de caballero cristiano que debe ser el esposo de Virginia. Ésa es por ahora la norma de mi vida.

SEPTIEMBRE 21

Siempre he sentido un gran vacío en mi corazón. Es cierto que Virginia llena mi existencia, pero ahí, en un determinado sitio, subsiste ese vacío.

Virginia no es una persona a quien yo pueda dar protección. Más bien debo decir que ella me protege a mí, pobre hombre solitario. (Mi madre murió hace quince años.)

Pues bien, ese instinto protector perdura y clama en lo más profundo de mi ser. Abrigo la ilusión de tener un hijo, un hijo que reciba esa ternura sin empleo, que responda a mi llamado oscuro y paternal.

Algunas veces pensé en derivar hacia Pedro esa corriente afectiva. Pero él no me dio nunca ni siquiera la oportunidad filial de reprenderle. Siempre ensanchó con su conducta de empleado diligente la barrera que yo intentaba salvar...

SEPTIEMBRE 25

Virginia es presidenta de "El Juguetero del Niño Pobre", asociación femenina que se dedica a colectar fondos durante el año para organizar por la Navidad repartos de juguetes entre los niños menesterosos.

Ahora se encuentra atareada en la organización de una serie de festivales con el objeto de superar este año los repartos anteriores.

Lejos de desestimar estas actividades, las considero muy importantes en nuestro medio social, ya que despiertan los buenos sentimientos y favorecen el desarrollo de la cultura. Sólo me gustaría que...

Sin darse cuenta de la gravedad de mis ocupaciones, y guiada sin duda por sus buenos sentimientos, Virginia me pidió que tomase a mi cargo la dirección de tales festejos. Con gran pesadumbre le hice ver que mis quehaceres actuales, la profesión, la Junta y el *Vocero*, no me permitían complacerla.

Ella no pareció tomar en cuenta mis disculpas y, medio en serio, medio en broma, se ha lamentado de mi falta de humanidad.

SEPTIEMBRE 27

Estoy verdaderamente confundido. La discreción es mi elemento y me gusta exigirla de las personas que aprecio.

Hoy recibí una carta del señor Gálvez, seca, ofensiva, y no sé por qué artes, atenta. En ella me invita sencillamente a que guarde silencio sobre lo que él llama "un asunto serio entre personas honorables". Se refiere a la porquería que me propuso. Yo no sé hasta qué punto la palabra "honorables" sea susceptible de extenderse; por elástica que sea, no puede abarcarnos juntos al señor Gálvez y a mí.

La carta termina de este modo: "Y mucho le agradeceré recomendar discreción a cierta persona, con respecto a este asunto." Y se atreve a firmar: "Su afectísimo y atento amigo y consocio, etcétera."

¡Ay Virginia, cómo a mi pesar vengo a conocer tus defectos! Sin duda alguna, el señor Gálvez tiene razón. Es un pillo, pero tiene razón. También tiene derecho a exigir mi reserva. Haré lo que pueda. Impediré que su conducta se divulgue.

SEPTIEMBRE 28

Antes, es decir, hasta hace muy poco tiempo, yo no me atrevía a concebir una Virginia con defectos. Procediendo ahora de un modo lógico y humano, trataré de conocer, estudiar y por lo pronto perdonar sus defectos, esperando que un día pueda remediarlos. Por ahora me concreto a exponer este rasgo: Virginia tiene la costumbre de guiarse siempre por "lo que dice la gente" y norma siempre su criterio en el rumor general.

Por ejemplo, al hablar de una persona nunca dice: "me parece esto o lo otro", sino que invariablemente expresa: "dicen de fulano o de fulanita, me dijeron esto o lo de más allá acerca de zutanita, oí decir esto de menganita". Y así constantemente. Pido a Dios que no disminuyan mis reservas de paciencia.

El otro día Virginia dijo esto refiriéndose a la señorita María: "Quizá yo estoy equivocada, pero con ese entrar y salir de todas las casas, se decían ciertas cosas de ella."

OCTUBRE 1º

El señor Cura, que extiende su mirada vigilante sobre la Junta Moral, a pesar de ser su guiador y jefe espiritual, quiere que ésta tenga su manejo independiente.

Hoy tuvimos una importante asamblea. Hubo necesidad de elegir un presidente interino debido a la prolongada ausencia de la persona que ocupa el cargo de vicepresidente. (Nuestro presidente murió a principios de este año; q.e.p.d.)

Contra lo que normalmente ocurría en nuestra Junta, la tarea de elegir presidente se ha vuelto embarazosa en virtud de una lamentable coincidencia que se ha repetido en los últimos cuatro años con pasmosa regularidad.

Nuestros cuatro últimos presidentes han muerto a principios de año, poco tiempo después de nombrados. Entre los socios ha venido desarrollándose el supersticioso temor de ocupar la presidencia.

Ahora, tratándose de un presidente interino, la cosa no parecía revestir ninguna gravedad. Sin embargo, hasta las personas que por su escasa capacidad intelectual estaban a cubierto de cualquier peligro manifestaban ostensiblemente su nerviosidad.

Fueron dos los socios que habiendo resultado electos, renunciaron al honroso cargo, alegando falta de méritos y de tiempo para desempeñarlo.

La Junta corría un grave riesgo, y entre la numerosa concurrencia circulaba un insistente y angustioso temor. El señor Cura parecía sumamente nervioso y se pasaba de vez en vez su pañuelo por la frente.

La tercera votación, cuyo resultado se esperaba casi como una sentencia, designó como presidente interino nada menos que al señor Gálvez. Un aplauso, esta vez más nutrido que los anteriores, acompañó el aviso dado con voz trémula por el señor Cura. Ante el asombro general, el señor Gálvez no solamente aceptó su elección, sino que la agradeció efusivamente como una "inmerecida distinción". Ofreció trabajar con empeño en bien de nuestra causa y para ello solicitó el apoyo de todos los socios pero muy especialmente la cooperación de los beneméritos.

El señor Cura tuvo un suspiro de alivio, se pasó una última vez el pañuelo por la frente y contestó a las palabras del señor Gálvez diciendo que teníamos ante los ojos a "un heroico legionario de las huestes cristianas".

La sesión se levantó en medio del general beneplácito. Yo recuerdo con repugnancia el abrazo de felicitación que me vi precisado a dar al señor Gálvez.

OCTUBRE 5

Me he dado cuenta de que nunca podré ser como Virginia y

de que tampoco me gustaría llegar a serlo.

Para ver solamente la belleza hay que cerrar los ojos por completo a la realidad. La vida ofrece un bello paisaje de fondo, pero sobre él se desarrollan miles de hechos tristes o inmundos.

OCTUBRE 7

Creo que esto de escribir diarios está de moda. Accidentalmente he descubierto sobre la mesa de la señorita María una libreta que, cuando menos lo pensé, tenía abierta ante mis ojos. Me di cuenta de que eran apuntes personales y quise cerrarla. Pero no pude dejar de leer unas palabras que se me han quedado grabadas y que son éstas: "Mi jefe es muy bueno conmigo. Por primera vez siento sobre mi vida la protección de una persona bondadosa."

La conciencia de que me hallaba cometiendo una grave falta superó mi imperdonable curiosidad. Dejé la libreta en donde estaba y quedé sumido en un estado de conmovida perplejidad.

¿De modo que hay alguien en el mundo a quien yo doy protección? Me siento próximo a las lágrimas. Evoco el dulce rostro ojeroso de la señorita María y siento que de mi corazón sale una corriente largo tiempo contenida.

En realidad, debo preocuparme un poco más de ella, hacer algo que justifique el concepto en que me tiene. Por lo pronto, voy a sustituir la fea mesa que ocupa por un moderno escritorio.

OCTUBRE 10

Mis visitas a casa de Virginia transcurren de un modo tan normal, que renuncio a describirlas.

Estoy un poco resentido con ella. Ha tomado últimamente la costumbre de hacerme ciertas recomendaciones. Ahora, por ejemplo, se refirió a un aire distraído que adopto cuando camino y que, según ella, me hace tropezar con las personas y a menudo hasta con los postes. Además, Virginia ha adquirido simultáneamente un loro y un perrito.

El loro no sabe hablar todavía y profiere desagradables chillidos. El mayor deleite de Virginia consiste en enseñarlo a decir algunas palabras, entre ellas mi nombre, cosa que no me gusta.

Éstas son verdaderas pequeñeces, lo sé, son hechos sin importancia que no dañan el concepto en que la tengo ni disminuyen mi afecto. No obstante trataré de corregirlas.

OCTUBRE 11

El perrito no es menos que el loro. Anoche, mientras Virginia tocaba en el piano la *Danza de las horas,* el animalito se dedicó pacientemente a destruir mi sombrero. Cuando terminó la ejecución, entró corriendo a la sala con el forro y las cintas en el hocico. Es cierto que mi sombrero estaba ya viejo, pero me ha parecido mal que Virginia festejara la ocurrencia.

Esta vez no me he puesto a calcular, y en vista del mal

resultado que me dio la economía en la ocasión pasada, he comprado un sombrero de mi marca predilecta. Tendré cuidado con él cuando vaya a casa de Virginia.

OCTUBRE 15

El señor Cura, aprovechando que nos hemos encontrado accidentalmente en la calle, me ha manifestado su parecer acerca de que Virginia y yo anticipemos la fecha de nuestro matrimonio. En esta ocasión no ha utilizado el sistema de alusiones delicadas a que es tan adicto.

Como conclusión, me ha dicho que los bienes de Virginia necesitan de una atención más cuidadosa.

Yo no veo una razón justa de anticipar tal fecha; sin embargo, hablaré con ella sobre el asunto. Respecto a los bienes, deseo prestarles una atención extremada, pero estrictamente profesional.

OCTUBRE 18

Me acabo de enterar de una cosa sorprendente: el marido de Virginia dejó a su muerte tres hijos ilegítimos.

Me hubiera negado a creer tal cosa si no fuera una persona responsable quien me lo ha contado.

La madre de esos niños ha muerto también y ellos viven, por tanto, en el más completo abandono.

Vagabundean descalzos por el mercado y ganan el sustento

de cualquier modo, realizando algunos quehaceres humillantes.

Me asalta una pregunta angustiosa: ¿Lo sabrá Virginia?

Y si lo sabe, ¿puede seguir repartiendo juguetes con la conciencia tranquila, mientras se mueren de hambre los hijos de su marido?

¡El marido de Virginia! ¡Un Benemérito de la Junta! ¡El asiduo lector de las *Reflexiones*! ¿Será posible? Resuelvo tomar algunos informes.

OCTUBRE 19

Me resisto a creer en la salvación del esposo de Virginia, después de haber contemplado las tres escuálidas y picarescas versiones de su rostro. La grave fisonomía del difunto aparece en estas caras muy deformada por el hambre y la miseria, pero bastante reconocible.

Yo no puedo hacer nada aún por estas criaturas, pero en cuanto me haya casado, tomaré bajo mi responsabilidad su rescate. De cualquier modo, pienso hablar con Virginia sobre este hecho que deshonra el nombre que aún lleva.

OCTUBRE 24

La señorita María, que cada día pone algo de su parte para aumentar la estimación que le profeso, ha realizado importantes mejoras en la oficina. Tiene el instinto del orden. Nuestro antiguo método de archivar la correspondencia ha sido cambiado por un sistema moderno y ventajoso. La vieja máquina de escribir ha desaparecido y en su lugar he comprado otra que es un deleite manejar. Los muebles ocupan lugares más apropiados y el conjunto presenta un aspecto remozado y agradable.

Ella se ve contenta en su nuevo escritorio, pero la huella del sufrimiento no desaparece de su rostro. Le pregunto: "¿Tiene usted algo, señorita? ¿Sigue usted trabajando por las noches?" Ella sonríe débilmente y responde: "No, no tengo nada, nada..."

OCTUBRE 25

He reflexionado que el sueldo de la señorita María no es, ni con mucho, decoroso. Sospecho que sigue cosiendo y desvelándose.

Como la he tomado bajo mi protección indirecta, resolví aumentar su sueldo esta mañana. Me dio las gracias con tal turbación, que temo haberla lastimado. Al buscar una secretaria he dado con una bella alma femenina.

Además, el rostro pálido de la señorita María es el más puro semblante de mujer que me ha sido dado contemplar.

OCTUBRE 27

Mi vida de soltero corre hacia su fin. No faltan ya cuatro,

sino dos meses, para casarme con Virginia. Anoche lo hemos acordado, tomando en cuenta la sugestión del señor Cura.

Quise aprovechar la oportunidad para hablarle de los niños, pero no hubo manera de hacerlo. Ella se ocupó en hacer una vez más el panegírico de su marido.

Seguramente ignora la existencia de las criaturas. ¿Cómo hablarle de tal asunto?

OCTUBRE 28

La idea de que voy a casarme no llega a ser todo lo grata que me resultaba viéndola a distancia. El soltero no muere fácilmente dentro de mí.

Y no es que me halle descontento de Virginia. Vista serenamente, ella responde al ideal que me he formado. Defectos, claro que los tiene. Ahí está su falta de discreción y la ligereza de sus juicios. Pero esto no es nada capital. Así, pues, me caso con una mujer virtuosa y debo estar satisfecho.

OCTUBRE 30

En este día he sabido dos cosas que tienden a amargar prematuramente mi vida matrimonial. Provienen de fuente femenina y su veracidad no es, por lo mismo, muy de recomendarse. Pero el contenido es inquietante.

La primera es ésta: Virginia sabe perfectamente lo de los niños abandonados, su origen y su miseria.

La segunda noticia es de carácter íntimo y se refiere a la poca fortuna que tuvo Virginia en la maternidad. Yo sabía por ella que sus dos hijos habían muerto pequeños. Pues bien, he sabido que ambos niños no llegaron a nacer. Al menos de un modo normal.

Respecto a las dos informaciones debo decir que me mantengo incrédulo y que no veo en ellas sino la pérfida labor de la maledicencia. Esa maledicencia que corroe y destruye a las pequeñas ciudades, disgregando sus elementos. Ese afán anónimo y general de dañar reputaciones haciendo circular la moneda falsa de la calumnia.

(Mi cocinera Prudencia es en esta casa el termómetro sensible que registra todas las temperaturas morales del vecindario.)

OCTUBRE 31

Toda mi capacidad mental está resolviendo los graves problemas de orden económico y material a que ha dado origen mi próximo matrimonio. ¡Cómo se va el tiempo!

Imposible hacer aquí el inventario de mis preocupaciones. Este diario no tiene ya sentido. Apenas me case, he de destruirlo. (No, quizá lo conserve como un recuerdo de soltero.)

NOVIEMBRE 9

Algo grave ocurre a mi alrededor. Ayer apenas si sospechaba

nada. Hoy, mi tranquilidad está destruida.

Juraría que hay algo en torno mío, que algún acontecimiento desconocido me sitúa de pronto en el centro de la expectación general. Siento que a mi paso por las calles levanto una nube de curiosidad, que luego se deshace a mis espaldas en lluvia de comentarios malévolos. Y no es por mi matrimonio, eso lo sabe todo el mundo y a nadie interesa. No, esto es otra cosa y creo que la tormenta se ha desatado hoy mismo, durante la Misa Mayor, a la que tengo la costumbre de asistir. Ayer todavía disfrutaba de paz y hacía cálculos. Ahora...

Me vine de la iglesia casi huyendo, perseguido por las miradas, y aquí estoy desde hace horas preguntándome la causa de tal malevolencia. No he tenido el valor de salir ya a la calle.

Bueno, ¿acaso no tengo la conciencia tranquila? ¿He robado? ¿He asesinado? Puedo dormir en calma. Mi vida está limpia como un espejo.

NOVIEMBRE 10

¡Qué día, Dios mío, qué día!

Me levanto temprano, después de un desvelo casi absoluto, y me marcho a la oficina un poco antes de la hora acostumbrada. En el trayecto, caen otra vez sobre mí las miradas maliciosas. Creo perder la cabeza. Ya en el despacho me tranquilizo un poco. Estoy a cubierto y elaboro un plan de investigación.

De pronto, la puerta se abre bruscamente y penetra una

señorita María que me cuesta trabajo reconocer. Viene sin aliento, como el que huye de un gran peligro y se refugia en la primera puerta que cede a su paso. Su rostro está más pálido que nunca y las ojeras invaden su palidez como dos manchas de muerte.

La sostengo en mis brazos y la hago sentarse. Estoy trastornado. Ella me mira intensamente a los ojos y rompe a llorar.

Llora con violencia, como quien cede a un sentimiento largo tiempo contenido y que ya no se cuida de reprimir. Su llanto me conmueve hasta tal punto que no puedo ni siquiera hablar.

Su cuerpo está convulso de sollozos, su cabeza se estremece entre las manos húmedas y llora como si expiase las maldades del mundo.

Yo me olvido de todo y la contemplo. Recorro con la vista su cuerpo agitado y mis ojos se detienen atónitos sobre la curva de su vientre.

Mis pensamientos se trasladan de la sombra a la luz penosamente.

El vientre, apenas abultado, me va dando poco a poco todas las claves del drama.

En mi garganta aletea una exclamación que luego se resuelve en sollozo. ¡Desdichada!

La señorita María no llora ya. Su rostro está bello de una belleza inhumana y lastimera. Se mantiene silenciosa y sabe que no hay palabras en la tierra que puedan convencer a un hombre de que ella es inocente.

Sabe también que la fatalidad, el amor y la miseria no bastan para disculpar a una mujer que ha perdido su pureza.

Sabe, asimismo, que al idioma del llanto y el silencio no hay palabras humanas que puedan superarlo. Lo sabe y permanece silenciosa. Lo ha puesto todo en mi mano y espera sólo de mí.

Afuera, el mundo se bambolea, se derrumba, desaparece. El verdadero universo está en esta pieza y ha brotado lentamente de mi corazón.

No sé cuánto tiempo duró nuestro coloquio, ni cómo fue interrumpido por el lenguaje corriente. Sólo sé que María contaba conmigo hasta el final.

Poco después recibo dos cartas, póstumos mensajes del mundo que habitaba. Los polos de este mundo, Virginia y la Junta, se unen al clamor general que me imputa una ignominia.

Estas dos cartas no me producen indignación ni pena alguna; pertenecen a un pasado del cual ya nada me importa.

Me doy cuenta de que no hace falta ser culto ni instruido para comprender por qué no existe la justicia en el mundo y por qué todos renunciamos a ejercerla. Porque para ser justo se necesita acabar muchas veces con el bienestar propio.

Como yo no puedo reformar las leyes del mundo ni rehacer el corazón humano, tengo que someterme y transar. Abolir mis verdades duramente alcanzadas y devolverme al mundo por el camino de su mentira.

Voy entonces a ver al señor Cura. Esta vez no iré en busca de consejos, sino a hacer respirable el aire que necesito. A gestionar el derecho de seguir siendo hombre, aunque sea al precio de una falsedad.

NOVIEMBRE 11

Después de mi entrevista con el señor Cura, la Junta ya no tendrá que seguir enviándome sus avisos morales. Ya he confesado el pecado que hacía falta.

Si yo hubiese consentido en abandonar una infeliz a su propia desgracia, gozaría ahora en restaurar mi reputación y en reconstruir mi ventajoso matrimonio. Pero ni siquiera me he puesto a pensar en la parte de culpa que ella puede tener en su desdicha. Me basta saber que alguien se acogió a mi protección en el más duro trance de su vida.

Soy feliz porque descubro que vivía bajo una interpretación falsa y timorata de la existencia. Me he dado cuenta de que el ideal de caballerosidad que me esforzaba en alcanzar no coincide con los sentimientos puros del hombre verdadero.

Si Virginia, en vez de su maligna carta, hubiera dicho "no lo creo", yo no habría descubierto que vivía una vida equivocada.

NOVIEMBRE 26

María iba a coser en todas las casas decentes de la ciudad. Tal vez en una de ellas exista el canalla solapado que por medio de una vileza sacó a la superficie el hombre que yo llevaba dentro de mí sin conocerlo.

Ese canalla no podrá quitarme de las manos el hijo que María lleva en su seno, porque lo he hecho mío ante las leyes humanas y divinas.

Pobres leyes continuamente burladas, que han perdido ya su significado excelso y primitivo.

NOVIEMBRE 29

Hoy, por la mañana, ha muerto el señor Gálvez, presidente interino de la Junta Moral.

Su muerte repentina ha causado profunda impresión, pues distaba de ser un viejo y tenía cierto gusto en hacer obras benéficas. (A él se debe el hermoso cancel de la parroquia.) Su reputación, no obstante, nunca se mantuvo muy limpia a causa de sus negocios de usura.

Yo mismo hice alguna vez juicios severos de su conducta y, aunque tuve experiencias para cimentarlos, creo haber sido un tanto excesivo. Se le preparan solemnes funerales. Que Dios le perdone.

NOVIEMBRE 30

Esta tarde, cuando desde la ventana de nuestra casa veíamos pasar el cortejo fúnebre del señor Gálvez, noté que el rostro de María se alteraba.

Había en él un sentimiento de dolor que preludiaba una sonrisa lejana. Finalmente, en su rostro ya sombrío, los ojos se arrasaron. Luego apoyó blandamente en mi pecho su cabeza.

¡Dios mío, Dios mío, lo perdonaré todo, lo olvidaré todo, pero déjame sentir esta alegría!

DICIEMBRE 22

Después de la muerte de su quinto presidente, la Junta Moral se hallaba en muy grave riesgo de sucumbir. El señor Cura tuvo que comprender que solamente un suicida podría hacerse cargo de la presidencia.

Gracias a una hábil medida la Junta ha subsistido. Funciona ahora por medio de un consejo directivo, que integran ocho personas responsables.

He sido invitado a formar parte de ese consejo, pero me vi en el caso de declinar la oferta. Tengo a mi lado una mujer joven a quien cuidar y atender. No estoy ya para más juntas y consejos directivos...

DICIEMBRE 24

Pienso en los tres pequeños miserables que vagan por la ciudad mientras me preparo a recibir un niño que también iba destinado al abandono.

Engendrados sin amor, un viento de azar ha de arrastrarlos como hojarasca, mientras que allí en el cementerio, al pie del bello monumento, una inscripción se oscurece bajo el musgo.

ÍNDICE

Este libro fue impreso y encuadernado en empresas del grupo Fondo de Cultura Económica. Se terminó de imprimir el 10 de mayo de 1985 en los talleres de Lito Ediciones Olimpia, Sevilla 109, 03300 México, D. F. Se encuadernó en Encuadernación Progreso, Municipio Libre 188, 03300 México, D. F. El tiro fue de 30 mil ejemplares.

Portada: viñetas de *Alberto Castro Leñero* y diseño de *Rafael López Castro.*